W0416517

À LA FOLIE

Illustration de couverture : © Harvey Macaulay-Imperiet

Ouvrage publié originellement par Gyldendal (Danemark),
sous le titre *Cykose*
© 2010, Birgitte Lorentzen

© 2013, Bayard Éditions pour la traduction française
18 rue Barbès, 92128 Montrouge
ISBN : 978-2-7470-3572-9
Dépôt légal : janvier 2013
Deuxième édition

Loi 49-956 du 16 juillet 1949 sur les publications destinées à la jeunesse.
Tous droits réservés. Reproduction, même partielle, interdite.

BIRGITTE LORENTZEN

À LA FOLIE

Traduit du danois
par Hélène Hervieu

bayard

Birgitte Lorentzen vit à Copenhague. Elle est écrivain et journaliste. Quand elle n'écrit pas pour la jeunesse, elle réalise des documentaires pour la télévision.

1

Je la vois très clairement. Elle n'arrête pas de me fixer. Ses cheveux bruns encadrent son visage pâle, et son regard effrayé me transperce presque. Un filet de sang coule de sa tempe droite sur sa joue. C'est comme si elle essayait de me dire quelque chose, mais tout ce que je réussis à entendre, c'est un cri à moitié étouffé : « Aide-moi ! »

Puis elle tend les bras vers moi, j'essaie de saisir ses mains, mais ne parviens qu'à toucher le bout de ses doigts. Enfin tout s'obscurcit et se fond dans une pénombre terrifiante.

Il ne reste plus que son cri « Aide-moi ! » qui déchire les ténèbres.

Est-ce que je suis éveillée ou bien est-ce que je rêve ?

Je suis couchée dans mon lit, les yeux fermés. Je frissonne, ma couette est tombée par terre, et je sens mon cœur battre à tout rompre dans ma poitrine. J'ai la gorge sèche et je n'ose pas ouvrir les yeux, car j'ai vraiment la sensation qu'*elle* est dans la pièce. Est-ce que c'est elle qui est assise sur le bord de mon lit et m'effleure la joue ?

Non, ça suffit comme ça !

Tu as déjà vécu un truc pareil ? Tu te réveilles au milieu de la nuit, ta chambre est gelée, tu grelottes, tu claques des dents, ta couette est sur le sol, et tu as la nette impression que c'est la petite fille de ton rêve qui te l'a enlevée. Tu n'as peut-être jamais senti une telle présence ? Moi, si. Et crois-moi, non seulement ça me fiche la trouille, mais surtout ça commence à me rendre folle. Je ne dors pas assez, car elle vient désormais toutes les nuits : elle se glisse dans mes rêves, me regarde de ses yeux implorants en criant quelque chose que je n'arrive pas à entendre, parce que ses mots sont couverts par un bruit infernal en arrière-plan.

Au début, j'avais pitié d'elle. Maintenant, j'ai presque pitié de moi. Car elle me perturbe vraiment et je ne sais pas comment me débarrasser d'elle.

J'inspire profondément plusieurs fois, ma mère m'a appris que cela a un effet calmant. Puis je retiens mon souffle, me ressaisis et m'oblige à ouvrir les yeux tout en vidant à fond l'air de mes poumons. D'abord, je ne vois rien, tout est noir. Je reste parfaitement immobile en essayant de capter les moindres mouvements dans l'obscurité. Y a-t-il quelqu'un ?

Je tâtonne pour trouver mon téléphone portable.

Tu dois croire que je suis frappadingue, mais j'ai comme l'impression qu'elle cache mes affaires. Je suis sûre à cent pour cent d'avoir posé mon portable sur le coffre en bois que mon oncle Johnny m'a offert à Noël et qui me sert de table de chevet. Je *sais* que je l'ai posé là quand je me suis couchée... mais il n'y est plus. Disparu. Volatilisé. Je n'ai donc aucun moyen de connaître l'heure, mais je sais que d'habitude elle surgit une première fois entre minuit et minuit et demie.

J'entends Welly battre des ailes comme un fou et piailler : « *Ciao bella, ciao bella !* »

Welly, c'est ma perruche, un mâle, et devine qui lui a donné ce nom ? Julia, ma petite sœur, qui m'enquiquine comme ce n'est pas permis. Normal : elle a douze ans et j'en ai quinze. Depuis quelque temps, Welly s'agite aussi la nuit, ce qui ne lui arrivait jamais avant. Le matin, les plumes bleues qu'il a perdues en gigotant dessinent un cercle dans sa cage. C'est une perruche très bavarde. En plus de « *ciao bella* », elle sait dire « *buon giorno* » et « *buona notte* », ainsi qu'une flopée de jurons en italien, du genre « *vaffanculo* ». Comme ça, ça paraît rigolo, mais ce n'est pas le cas, surtout s'il y a un Italien dans les parages. Je n'ai même pas envie de te dire ce que cela signifie, c'est trop grossier. Les Italiens peuvent être très vulgaires quand ils s'énervent. Welly sait aussi dire «*porca puttana*» et «*stronzo*». On peut difficilement faire pire. Pourtant, tous ces mots, c'est mon père et Julia qui les lui ont appris. Mon père est à moitié italien, il s'appelle Marco. C'est de sa mère, ma grand-mère *nonna* Rita, que je tiens mes yeux marron et mon nez un peu trop romain.

J'ai essayé de parler à ma mère de cette fille qui vient troubler mon sommeil. Quand tout a commencé, j'ai eu une peur bleue, vraiment, je ne plaisante pas. Ça peut se comprendre, non ? Alors je me suis confiée à ma mère, je lui ai dit que j'avais l'impression que c'était davantage qu'un rêve. C'était comme si la fille voulait me raconter quelque chose. J'étais persuadée qu'elle m'enlevait ma couette et qu'elle était réellement dans ma chambre.

Résultat des courses ? Catastrophique.

Ma mère, qui a étudié la psychologie en option à la fac, m'a aussitôt expliqué que la petite fille que je voyais symbolisait l'enfance que j'étais en train de quitter sans pouvoir m'y résoudre. C'est pour ça que je n'arrivais pas à saisir les mains de ma visiteuse.

Puis ma mère a pris *mes* mains dans les siennes, m'a regardée droit dans les yeux et a dit :

– Il est temps de lâcher cette enfant, Loulou !

Elle m'a vraiment dit ça, le plus sérieusement du monde. Puis elle a continué sur le même ton sentimental :

– Rappelle-toi, Loulou, que tu peux toujours venir me voir. Je serai toujours là pour toi et je t'aiderai… mon trésor.

Ensuite elle m'a attirée dans ses bras et m'a serrée de manière maladroite. Je ne savais plus où me mettre. Elle ne comprenait pas qu'elle venait précisément de me prouver qu'elle était incapable de m'aider… J'ai quinze ans, quand même !

Bref, j'ai toujours droit à la visite de la petite fille.

Quand « la fille » a commencé à venir la nuit, ma grand-mère maternelle venait de mourir. J'adorais ma grand-mère, tu ne peux pas imaginer à quel point. Et puis, elle est morte. Son cœur s'est arrêté de battre en plein repas, alors qu'on mangeait des boulettes de viande. Les médecins ont parlé de je ne sais plus quel machin qui a disjoncté dans son cerveau. Un mot comme « apoplexie » ? Hémorragie cérébrale, en tout cas.

Au début, quand *elle* a commencé à venir la nuit, j'ai cru que c'était peut-être l'esprit de ma grand-mère ou un truc comme ça. Disons que j'ai espéré que c'était ça. Mais ma grand-mère avait les cheveux blonds quand elle était petite, et elle était aussi un peu boulotte, alors que la fille dans mes rêves est maigre, avec de longs cheveux bruns. Ma grand-mère s'appelait Eja. Je ne sais pas si la fille a un nom.

Moi, je m'appelle Loulou. Enfin, c'est comme ça qu'on m'appelle. Mon vrai nom, c'est Luisa – Luisa *Magdalena*, pour être plus précise. C'est en partie à cause de *nonna* Rita que j'ai été baptisée dans une église catholique. Ma sœur, elle, a été baptisée Anna Giulia. Les surnoms, c'est ma mère qui nous les a donnés, et je ne la remercierai jamais assez pour ça.

Bon, j'ai quinze ans et ça ne fait pas longtemps que j'ai eu mes premières règles. Ma mère trouve que je ne suis « pas très avancée » pour mon âge. Il faut dire qu'elle, c'était le contraire, apparemment. Elle avait des copines et des petits amis à la pelle. C'était le genre à se couper le bout du doigt pour mélanger son sang avec celui d'une autre fille en lui promettant une amitié éternelle. Moi, je n'ai pas ce genre d'amie. J'ai seulement vu ça dans des films ou dans des livres. Mon expérience de l'amitié est tout autre. Jusqu'ici, je n'ai jamais eu d'amie « pour la vie ». Et côté cœur, ce n'est pas brillant non plus.

Mais je suis peut-être un peu bizarre. Ou en tout cas différente, je crois. Le fait est que je me *sens* différente et que j'ai tendance à m'isoler des autres. Je préfère « rester dans mon coin », selon l'expression de ma mère.

Je ne le fais pas exprès.

Il se trouve que je lis beaucoup. Et que j'aime noter les phrases qui me plaisent. Quand j'en trouve une, je la recopie pour mieux m'en souvenir. Et j'essaie de la ressortir plus tard dans une conversation. Ça fait un peu prétentieux, mais tant pis. La dernière fois, c'était une phrase d'Einstein que j'avais trouvée sur internet : « Deux choses sont infinies : l'Univers et la bêtise humaine. Mais, en ce qui concerne l'Univers, je n'en ai pas encore acquis la certitude absolue. » Aujourd'hui, je l'ai répétée à Stella en classe et elle m'a regardée comme si c'était moi qui étais complètement idiote.

Je suis aussi tombée sur une maxime du vieux penseur grec Aristote : « L'amitié est une âme en deux corps. » Je l'ai recopiée sur mon cahier de maths. Je n'ai jamais connu une telle amitié, mais je trouve qu'il y a quelque chose de grandiose dans cette citation. Alors j'ai tapé le nom d'Aristote sur Google et j'ai lu dans Wikipédia – c'est fou ce qu'on peut apprendre grâce à ça – ce qui suit :

« Aristote (en grec ancien ʼΑριστοτέλης/*Aristotelès*) est un philosophe grec né en 384 av. J.-C. à Stagire, en Macédoine, et mort en 322 av. J.-C. à Chalcis, en Eubée. Disciple de Platon à l'Académie pendant plus de vingt ans, il prit ensuite une distance critique vis-à-vis des thèses de son maître et fonda sa propre école, le Lycée. »

Je n'ai pas besoin d'en savoir plus. Il ne faut pas non plus exagérer.

Sur mon livre d'histoire, j'ai griffonné : « *Amor vincit omnia* », ce qui en latin signifie : « L'amour vainc tout. » C'est ce que mon père avait écrit à ma mère après une dispute. Il lui avait aussi envoyé un bouquet d'au moins cent roses rouges. Du coup, ils se sont remis ensemble. Et ils ne se sont plus quittés. Je préfère ça.

Julia, ma petite sœur, est mignonne, mais en même temps elle me tape sur les nerfs. La fille parfaite : très populaire, qui a plein d'amis, jolie, douée au foot. Le genre de gamine charmante et fraîche comme une fleur dont raffolent les adultes. Je l'imagine très bien jouer dans un film pour enfants. Il ne lui manque plus que d'être rousse.

Par contre, la philosophie et les paroles de sagesse, elle n'en a rien à faire.

Alors, sous la pancarte « *Carpe diem* » accrochée sur ma porte, j'ai ajouté : « Dégage, Julia. » Je crois qu'elle ne l'a même pas vu.

« *Carpe diem* » – c'est-à-dire « cueille le jour » : vis le moment présent – me correspond bien, je trouve, même si ce n'est pas toujours si facile. Ça vient du film *Le cercle des poètes disparus*, que ma mère adore. Pas mal, sans plus. C'est sûr que j'aurais rêvé d'avoir un prof comme Robin Williams et d'aller dans une école qui ressemble à un château avec des uniformes et tout le bazar. Une école comme dans Harry Potter. Eh oui, je fais partie de ces fans qui ont vraiment été déçus, le jour de leurs onze ans. J'ai espéré toute la journée qu'un hibou m'apporterait un courrier en provenance de Poudlard.

Le fait est que je suis dans un collège tout ce qu'il y a de normal, et mon prof principal s'appelle Niels.

Niels est un passionné des livres d'un certain Bent Haller, alors on a droit à toute son œuvre. Demain, je dois rendre un commentaire composé sur l'histoire d'une fille qui, du jour au lendemain, se retrouve avec des branchies et s'enfuit de chez ses parents à la nage.

« C'est un symbole pour dire qu'elle est en passe de quitter l'enfance. Grâce à ses branchies, elle s'affranchit de ses parents et nage vers sa vie d'adulte, où elle sera indépendante », ai-je écrit parce que je sais que c'est ce que Niels attend.

J'ai lu *tous* les livres de R. L. Stine dans la série « Chair de poule », même si j'ai un peu passé l'âge. J'ai lu quatre fois *Cauchemars en série* et trois fois *La tour de la terreur*. J'ai aussi lu les histoires de vampires d'Anne Rice et *Dracula* de Bram Stoker, car j'adore les histoires gothiques qui fichent la trouille. Ma mère pense que ça peut expliquer en partie mes « cauchemars ».

Mais cette fille, elle n'a rien à voir avec ça…

Je suis allongée dans mon lit et je n'arrête pas de cogiter. Tu connais ça ? Imagine. Tu es couché, une boule au ventre, et tu n'arrives pas à dormir. En fait, tu n'oses pas, parce que tu sais qu'il y a une petite fille qui t'attend, avec un regard triste, dès que tu auras franchi la porte des rêves.

Alors tu restes là et tes pensées n'arrêtent pas de tourner dans ta tête. Tu passes de l'une à l'autre et ça devient de plus en plus glauque : les bombes, la guerre, le terrorisme, le réchauffement climatique, la fonte des icebergs, la mort des ours polaires, les tsunamis, les tumeurs cancéreuses... Oui, on n'a que l'embarras du choix.

Mais le pire, c'est quand on en arrive aux grandes questions existentielles. Là, tu n'es plus qu'un minuscule point, dans un lit, dans une maison, au Danemark, en Europe, sur une petite planète qui flotte dans l'immense univers. Est-ce qu'il y a un dieu aux manettes de tout ça ou bien est-ce que nous sommes seuls dans l'obscurité abyssale qui entoure la Terre ? Est-ce là que l'âme atterrit quand elle quitte le corps ? Est-ce de là que l'on vient ? Est-ce que l'âme de ma grand-mère tourbillonne là-haut ? Ou est-elle auprès d'un dieu ? Ou n'est-elle nulle part ? Est-ce qu'on est tout bonnement mort quand on est mort ? Mais d'où vient-on ? Ah, il y a de quoi devenir fou...

C'est ce genre de pensées qui parfois me torturent.

C'est quoi, au juste, une pensée ? Sur un paquet de réglisse, j'ai lu un jour la citation suivante que je n'ai jamais oubliée : « Cela fait trente-cinq ans que je suis chirurgien et que j'ouvre des crânes, mais je n'ai encore jamais vu une pensée. »

Voilà qui laisse songeur.

Mes paupières s'alourdissent. Je bâille. Mon corps tressaille, je suis exactement à mi-chemin entre le sommeil et l'état de veille.

Oh, non ! Elle est encore là ! À me regarder fixement.

Je frissonne, je ne suis même pas tout à fait endormie.

Je scrute l'obscurité. Est-ce elle, assise sur le fauteuil à fleurs que j'ai hérité de ma grand-mère ? Ou n'est-ce que la pile de vêtements posés dessus, que je n'ai pas encore eu le temps de ranger ?

Je déteste ce moment où l'angoisse arrive sourdement, pour de bon. Je déteste le noir, mais je ne vais quand même pas dormir avec la lumière allumée. Il ne faut pas exagérer. Alors je me répète une citation d'Albert Camus que ma grand-mère m'a apprise : « C'est finalement au plus fort de l'hiver que j'ai compris qu'il existait en moi un invincible printemps. »

2

– Loulou, lève-toi ! Il est tard. Allez, debout ! Je me demande comment tu arrives à dormir sans ta couette.

C'est ma mère.

Je grelotte, je suis morte de froid. Mais j'ai réussi à dormir malgré une nuit agitée où *elle* est venue me voir plusieurs fois.

Je sais bien qu'elle n'existe qu'en rêve. Dans *mes* rêves. Mon imagination débordante. Toujours est-il que je vais arrêter de lire des « Chair de poule » de R. L. Stine. Peut-être que je devrais plutôt attaquer la collection rose que m'a solennellement offerte ma tante pour mon anniversaire. Elle l'avait emballée dans un papier cadeau avec des roses dessinées dessus, et elle était super émue. C'étaient tous ses souvenirs d'enfance, les filles de sa génération adoraient ces livres, m'a-t-elle confié. Je suis arrivée à la page 19 de *Puck écolière*, et j'ai décroché. Peut-être par manque de concentration. Je réessaierai une autre fois. Ce soir, pourquoi pas ?

Mon Dieu, que je suis fatiguée !

Welly a passé la nuit à tourner en rond dans sa cage. Il a mis des plumes et des graines partout.

Il faut absolument que je me couche tôt. Je me demande comment je vais faire pour tenir toute la journée.

Mon père a trouvé mon téléphone portable dans la corbeille à linge sale de la salle de bains… Tout ce que je sais, c'est que ce n'est pas moi qui l'ai laissé là ! Je me souviens très bien de l'avoir mis à charger dans ma chambre hier soir. Comme je fais d'habitude. Il faut voir ses sourcils froncés et le regard de reproche qu'il m'adresse. J'essaie de garder mon calme, mais je suis furax.

Bien sûr, cette fille n'existe pas, c'est juste moi qui suis en train de disjoncter. Ma mère m'a dit qu'elle envisageait de « prendre contact avec la psychologue de l'école ». Elle ne supporte plus que je lui rebatte les oreilles avec mes cauchemars. Ce serait peut-être une bonne idée.

Quoi ! Un psy scolaire, ça va pas, non ? Jamais de la vie.

Ma mère a fait des smoothies pour le petit déjeuner. C'est son dernier dada : des fruits frais et un peu d'huile d'olive pour « fixer les vitamines ». Au départ, c'était bon, parce qu'elle ajoutait du sucre. Depuis, elle est devenue obsédée par la santé, alors fini, le sucre dans les smoothies. Du coup, c'est drôlement acide – et, honnêtement, on en a vite marre d'avaler des fruits tous les matins, sans exception. Je préférerais du pain grillé avec du fromage, mais pour l'instant le pain blanc est banni de la maison. Ça ne sert à rien de dire à maman que ses smoothies ont un goût épouvantable. Elle est si fière de jouer les mères parfaites, avec son blender et ses fruits bio affreusement acides. Sa robe s'est coincée dans sa culotte, mais je préfère ne rien dire. Elle est stressée. Elle finira bien par se lasser de ce régime bio. C'est généralement ce qui se passe. Sinon, elle n'aurait pas d'aussi grosses fesses. Bon, sur les photos d'elle jeune, elle n'a pas ce corps-là. Il s'est passé un truc...

Mon père affirme qu'elle avait les plus belles fesses de Paris – c'était dans le temps, ai-je envie de préciser.

Elle est gentille, ma mère. J'aurais pu tomber plus mal.

– Mon Dieu, je n'ai plus rien à mettre sur vos tartines, s'écrie-t-elle en jetant un coup d'œil dans le réfrigérateur.

Mon père ouvre alors son porte-monnaie et nous tend, à Julia et à moi, un billet de vingt couronnes.

– Achetez-vous quelque chose à la cantine, se contente-t-il de dire avant de quitter la maison.

C'est ça que j'aime bien, chez mon père. Il ne perd pas son temps à discuter. Pas de bla-bla, juste de l'action. Le contraire de ma mère. Et de moi, à vrai dire. Mon père et Julia se ressemblent, et ça m'énerve. Oui, on peut appeler ça de la jalousie.

– Julia, tu as fait un super test de Cooper hier !

Voilà le genre de phrase que mon père lance à ma sœur au petit déjeuner. Pour ma mère et moi, c'est du chinois.

– Oui, elle a couru 233 mètres de plus que celle qui est arrivée juste après elle, poursuit-il, enthousiaste. C'est une belle performance pour une fille de son âge.

– Bon, dis-je.

Ma mère demande si elle peut prendre le dernier smoothie (et comment donc !). Puis mon père et Julia se regardent en soupirant et, sans un mot, nous font comprendre à quel point c'est dur de vivre sous le même toit que deux feignantes dans notre genre.

Julia, c'est la petite chérie de papa, aucun doute là-dessus. Mon père a été en son temps un assez bon joueur de foot. Maintenant, il entraîne ma sœur. Et elle est vraiment douée. Moi, je ne connais même pas les règles !

Voilà que je lambine… Le temps presse, je suis déjà en retard. Je devrais être en classe depuis trois minutes.

Elles sont où, mes clés ?

3

Ça devrait être interdit de commencer la journée par deux heures de cours de physique, pour enchaîner avec deux heures de maths. C'est trop d'un coup pour une fille qui a seulement un smoothie acide dans le ventre. Mon cerveau se met en veille et j'attends que l'heure tourne en regardant par la fenêtre. Je t'assure que j'essaie de me concentrer, mais c'est TROP ennuyeux. Je déteste les systèmes de coordonnées et les équations. Alors je fixe la nuque de Hassan, parce que je la trouve jolie. En fait, Hassan est beau gosse et il le sait parfaitement. Il est arrivé dans notre classe en 3e et c'est sans doute le garçon le plus mignon de l'école. Sans aucun doute… Et, comme si ça ne suffisait pas, il vient d'intégrer l'équipe nationale junior de boxe. Toutes les filles – vraiment « toutes » – sont folles de lui. Même moi, je dois avouer qu'il me fascine un peu. Mais c'est sans espoir. Je ne suis pas le genre de fille qui fait craquer Hassan.

Je regarde de nouveau dehors. De gros nuages se sont accumulés dans le ciel d'un gris à pleurer. Il bruine. Ah ! si seulement le printemps pouvait arriver plus vite. J'ai vraiment besoin de voir un peu de soleil, pour changer.

Mon ventre gargouille, je meurs de faim et je n'en peux plus d'attendre la sonnerie qui annoncera la pause déjeuner. Aujourd'hui, il y a du curry de poulet thaï au menu ! En règle générale, les portions sont plutôt riquiqui. Pas de quoi calmer mon estomac qui fait déjà un bruit d'enfer. Pourvu que personne ne l'ait remarqué…

Quand retentit enfin la sonnerie, je me précipite hors de la salle de classe. Pas question de me retrouver au bout de la queue et de prendre le risque qu'il ne reste plus de curry de poulet. Leur buffet de salades, ça ne donne vraiment pas envie : des haricots, du maïs et des petits pois en boîte, toujours détrempés et un peu visqueux… berk !

Stella est déjà sur mes talons. Elle me colle presque tout le temps. Quand on est à l'école, j'ai beau tout faire pour me débarrasser d'elle, elle ne me lâche pas. Pourtant, je me contenterais de ma propre compagnie, en ce moment. Cela dit, c'est une fille cool, et on est ce qu'on pourrait appeler « de bonnes copines d'école ». En fait, aucune de nous deux n'a réussi à se faire accepter dans une bande de filles. Alors on n'a pas trop le choix, si on ne veut pas rester toutes seules. Dans une école de presque mille élèves, ça craint de se retrouver seul. Stella est assez sympa, mais je n'ai aucune envie de lui confier mes pensées les plus intimes ou de mêler mon sang au sien. Et puis elle ne comprend rien à la philosophie, elle n'aime que le concret.

Nous arrivons parmi les premières à la cantine. Seuls les « débiles » de la section P, *la section Psychose*, sont déjà là. C'est entre nous qu'on a appelé leur classe comme ça, même si ça rend les profs furieux. En fait, cette section P est un cursus spécial pour ceux qui sont un peu « différents ». Il y a surtout des garçons dans cette voie. Ils ne sont ni tout à fait cinglés, ni tout à fait normaux, mais quelque part entre les deux. On les a mis là parce qu'on ne sait quoi faire d'eux, à mon avis. Bref, il y a dans notre école une section P pour les marginaux. L'idée est que ça leur fait du bien de se retrouver au milieu d'élèves dits « normaux ». En réalité, on se croise à peine. Ils mangent, en règle générale, un quart d'heure avant nous. Comme ça, ils sont sûrs d'avoir un plat chaud. Il faut bien les privilégier, vu qu'ils n'ont pas tous les neurones en place – tiens, je devrais peut-être y avoir droit, moi aussi, au plat chaud ? Peut-être que je débloque assez pour ça…

Il faut dire qu'ils sont assez spéciaux, les élèves de la section P. Il suffit de regarder Thomas le Barjo, par exemple. Il est juste devant moi dans la queue. Il paraît qu'il a été placé plusieurs fois en hôpital psychiatrique. Il parle avec des voix, des voix qui n'existent que dans sa tête. Je me souviens de l'avoir vu se promener dans la cour de l'école en faisant de grands mouvements de bras et de jambes, et en criant pour repousser ses ennemis invisibles. Ça n'avait pas l'air d'être marrant !

Et on l'a interné. Quand il est revenu, il était beaucoup plus calme et avait pris du poids. C'est à cause des médicaments qu'on lui donne pour l'abrutir, selon Stella. Elle sait de quoi elle parle : son père non plus n'est pas tout à fait normal. Quand elle était bébé, il a poussé son landau dans le lac de Damhussøen. Elle dormait. Il n'a pas pu expliquer son geste. Depuis, on ne l'a jamais laissée seule avec lui.

Bon, je fais la queue derrière Thomas le Barjo à la cantine. J'ai l'impression qu'il a minci. Et voilà qu'il se retourne et me regarde fixement. Quel drôle de type !

Il est assez grand, il fait au moins une tête de plus que moi et Stella. Ce n'est pas que je manque d'indulgence à son égard – parce que, oui, je le plains forcément un peu –, mais il m'énerve à se retourner tout le temps. Il a dans le regard une expression étrange qui me met mal à l'aise. Ça fait plusieurs fois qu'Angela, la dame qui sert les plats, lui demande avec son accent africain :

– Et pour vous, jeune homme, ce sera quoi ?

Mais il continue à me dévisager. La situation commence à être gênante.

Alors, d'un coup, j'écarte les bras et je lui lance, assez en colère :

– Qu'est-ce qu'il y a ?

Il a un sourire embarrassé et répond :

– Je voulais juste savoir : elle s'appelle comment, la petite fille, là ?

Il débloque ou quoi ?

– Tu veux parler de Stella ?

Il secoue la tête.

– Non, elle, la petite fille, insiste-t-il en montrant du doigt un endroit précis à ma droite.

Je tourne la tête, mais il n'y a personne. Alors je regarde de nouveau Thomas le Barjo et je l'interroge :

– De qui tu parles ?

– D'elle, de la petite, là ! répète-t-il en pointant son doigt sur le vide.

– Hein ?

– C'est ta petite sœur ? Pourquoi elle a l'air si triste ? Elle s'est fait mal ?

Puis il sourit à ma petite sœur invisible d'un air encourageant.

Stella ricane et fait des grimaces qui signifient : « Il est complètement dingue, ce type. »

Elle n'a pas tort. Mais ce n'est pas parce qu'il fait peur qu'il est moche. S'il n'était pas dans cette section P, on le trouverait certainement beau gosse, oui, super beau gosse.

– De quoi tu parles, au juste ?

Il secoue la tête, troublé :

– C'est rien, excuse-moi. C'est sans doute rien…

Je sens mes jambes se dérober et j'ai des frissons dans le dos. L'angoisse arrive subrepticement et ça me rend méchante. Je m'entends dire sur un ton méprisant :

– Alors, tu vas nous faire poireauter encore longtemps, espèce de cinglé ?

Au moment où il se retourne pour commander son curry thaï à Angela, je vois passer une ombre sur son visage et je m'en veux à mort d'avoir prononcé ces mots.

Angela me jette un regard désapprobateur. Stella continue à ricaner bêtement. Moi, je suis morte de trouille.

Qu'est-ce qui m'arrive ?

4

Je me réveille d'un coup, Welly bat des ailes comme un fou. « *Ciao bella, ciao bella !* » *Elle* est de nouveau là, je le sais, sa présence est si intense. Je grelotte, ma couette est par terre, mon portable – que j'avais posé sur le rebord de la fenêtre, j'en suis sûre – est aussi par terre. La batterie est sortie, alors je ne peux pas savoir quelle heure il est. Il fait un froid de canard. C'est tout juste si je ne vois pas la vapeur sortir de ma bouche. Est-ce qu'elle est assise sur mon fauteuil à me regarder ? Vais-je oser jeter un œil dans sa direction ? J'essaie d'allumer le plafonnier, mais on dirait que l'interrupteur ne marche pas. Pas de lumière. Je me recroqueville dans le lit pour me protéger, car je n'ose même pas ramasser ma couette sur le sol, et je ferme très fort les yeux en me répétant en boucle : « C'est finalement au plus fort de l'hiver que j'ai compris qu'il existait en moi un invincible printemps. C'est finalement au plus fort de l'hiver... »

Je ne sais pas trop si ces paroles sont efficaces, mais en tout cas, je me détends un peu. Welly se calme aussi. Ça me permet de me ressaisir et de me remémorer le rêve que je viens de faire. Était-ce vraiment un rêve ? Mon Dieu, elle m'a paru tellement réelle, cette fois. Elle m'a crié autre chose que « Aide-moi », des mots que je n'ai pas compris. Elle saignait à la tempe et ses vêtements étaient déchirés. À moins que je ne sois en train de tout inventer, moi qui, comme le prétend ma mère, ai toujours eu tendance à dramatiser et exagérer les choses ? Quoi qu'il en soit, la situation n'est franchement pas agréable. Et puis, avec ce froid...

Je décide de prendre le taureau par les cornes, j'ouvre les yeux, saisit la couette sur le sol et me blottis dessous. Je scrute l'obscurité : est-ce qu'il y a une ombre sur le fauteuil ? Mais oui, c'est elle !

– Qu'est-ce que tu me veux ?

Ma voix est rauque et faible.

Il ne se passe rien.

– Ohé, il y a quelqu'un ?

Rien.

J'essaie d'allumer encore une fois le plafonnier, et cette fois-ci, miracle, ça marche. Même si la lumière n'est pas forte, je vois bien qu'il n'y a PAS de petite fille dans le fauteuil de ma grand-mère. Juste une pile de fringues que j'ai promis à ma mère de ranger, il y a plus d'une semaine.

Sur le coffre en bois, à côté du lit, il y a une photo de moi avec mon père. Je l'attrape et aussitôt je me sens mieux, je reviens en quelque sorte dans une réalité plus tangible et rassurante. La photo a été prise quand on faisait du camping en Italie, il y a quelques années, à l'époque où j'étais encore une petite fille comme les autres. C'était le dernier été avant... tu vois ce que je veux dire, les hormones et tout ce qui s'ensuit. Oui, le dernier été où je me suis baignée avec uniquement le bas du bikini. Je suis perchée sur les épaules de mon père, en pleine Méditerranée, quelques secondes avant qu'il me projette en avant et que je fasse un plongeon élégant dans l'eau salée. C'est quelque chose qu'il nous a appris, à Julia et moi, quand on était toutes petites. Même si la Méditerranée est un peu trop salée pour mettre la tête sous l'eau, on adorait ça. Mon père est un poisson dans l'eau et, ma sœur et moi, on est un peu comme lui. À la différence de ma mère, qui n'aime pas avoir la tête sous l'eau, même si elle refuse de l'admettre. Elle est la seule de la famille à se baigner sans se mouiller les cheveux. Comme ma grand-mère. Elle portait toujours un bonnet de bain – la honte – quand elle nous emmenait à la piscine. Je ne savais pas à ce moment-là qu'elle allait bientôt mourir. Sinon, ça m'aurait été égal, son bonnet, et j'aurais mieux profité de chaque minute passée avec elle.

J'ai aussi une photo de moi avec ma grand-mère. C'est la dernière où on est ensemble. Nous sommes dans sa cuisine et j'exhibe fièrement un gâteau à la vanille qu'on vient de préparer. J'ai de la farine dans les cheveux et ma grand-mère m'embrasse sur la joue. C'est une bonne photo, une belle photo pour se dire au revoir.

Je repose les photos à leur place, je ne veux pas penser à ma grand-mère maintenant, je ramasse mon téléphone portable et je remets la batterie à l'intérieur. Un SMS apparaît. Numéro inconnu.

« Est-ce qu'on peut parler ensemble de la petite fille ? »

Je balance le portable sur le sol et enfouis ma tête sous la couette. Comment il a fait pour avoir mon numéro ? Qu'est-ce qui se passe ?

Il faut que tout ça s'arrête, je n'en peux plus.

5

Je n'ose plus descendre à la cantine, car je n'ai aucune envie de me retrouver nez à nez avec Thomas le Barjo. Stella s'impatiente, mais je lui dis que j'ai emporté un pique-nique. Ce n'est pas son cas, alors elle insiste pour que je l'accompagne.

Quand nous entrons enfin dans le réfectoire, je jette un coup d'œil inquiet autour de moi. Ouf, il n'est pas là.

Stella a un sourire en coin :

– Tu cherches ton nouvel admirateur ? lance-t-elle en écarquillant les yeux.

Ce doit être le regard de fou que son père avait quand il a poussé le landau dans le lac de Damhussøen.

Elle se met dans la queue, je m'assois à une table et je sors ma boîte de pique-nique. J'ai un peu honte de l'avouer, mais c'est toujours ma mère qui me la prépare.

Au moment où je soulève le couvercle, une forte odeur de saucisse à l'ail me saute au visage. Il y a aussi des morceaux de poulet et du brocoli dans du film plastique (car le papier aluminium pollue trop, a expliqué Julia après une sortie en forêt avec sa classe ; elle a Niels comme prof de sciences de la vie et de la Terre).

Rien qu'à regarder mon repas, je n'ai plus faim. Je remets tout dans la boîte. Et si j'allais demander à Stella de me prêter dix couronnes pour m'acheter une petite pizza ? Je lève les yeux et il est là. Dans la queue. Il me fait un sourire maladroit. J'ai envie de crier très fort : « Arrête ce petit jeu, espèce de cinglé », mais en fait je baisse les yeux et je rouvre ma boîte de pique-nique. Je mords dans un brocoli tout mou, en murmurant :

– Va-t'en ! Allez, dégage !

Quand je redresse la tête, il est en train de se faire servir par Angela. Elle doit lui dire quelque chose de drôle, car tous les deux sourient. Puis il se retourne et me regarde. Il lève la main pour m'adresser un salut hésitant, prend son plateau et vient vers moi.

Oh, non ! Le voilà qui s'approche. Dans la file, Stella ne perd pas une miette de ce qui se passe. Elle me fait un clin d'œil appuyé et m'envoie des baisers en soufflant dans sa paume. Ensuite elle pointe l'index contre sa tempe et le tourne, tout en formant avec ses lèvres le mot « barjo ».

Je ne sais pas où me mettre. Qu'est-ce que je fais, maintenant ? Je reste assise ou je range tout et je fonce vers la sortie ? Une décision, vite !

Je suis tétanisée, comme toujours. Ça y est, il arrive. Je ne sais pas où poser les yeux.

« Toi, le mec chelou, va-t'en ! » ai-je envie de hurler. Il ne voit pas que sur mon visage, il y a marqué : « Dégage, laisse-moi tranquille ! » ?

Non, il continue de s'avancer calmement. Il me sourit comme si nous étions les meilleurs amis du monde. Comme si nous avions quelque chose en commun. La honte… Je suis dans la section A, lui dans la P. Autrement dit, nous n'avons *rien* en commun.

Ça y est, il se tient devant moi. J'utilise la meilleure défense que je connaisse : l'attaque.

– Qu'est-ce que tu veux ?

Ma voix est dure.

– Euh…, balbutie-t-il en baissant les yeux.

– T'as pas à m'envoyer des SMS en pleine nuit. D'ailleurs, comment t'as fait pour avoir mon numéro de téléphone ?

Il a toujours les yeux baissés.

– J'ai trouvé ta liste de classe sur internet.

– Mais elle n'est accessible qu'aux élèves de la classe…

– Oh, il suffit de s'y connaître un peu… Ce n'est pas très difficile…

– OK, t'es un hacker, j'ai compris. Qu'est-ce que tu me veux ? Et puis d'abord, regarde-moi quand je te parle !

Il lève les yeux, mais scrute la chaise vide à côté de moi. Ça crée comme un malaise…

– Ne me dis pas que tu es venu me voir pour me parler encore une fois de la petite fille invisible ?

Il se tait, continue à fixer le vide à côté de moi. On dirait qu'il rêvasse tranquillement.

– Ohé, y a quelqu'un ?

Il me lance un coup d'œil.

– Non. Ou bien… si… c'est juste qu'elle…

Il craint trop, ce type. Je rassemble les restes de mon déjeuner qui pue, remets tout dans la boîte et referme le couvercle d'un coup sec.

– Tu peux arrêter avec tes trucs de psychopathe ? dis-je en agitant ma main au-dessus du siège vide à côté de moi. Ohé ! Il n'y a rien ! C'est vide, comme dans ta tête. Il n'y a pas de petite fille ici. C'est ton cerveau malade qui l'a inventée !

Il pâlit. Soudain, il a l'air tout petit et perdu dans son grand corps. Puis il recule en bredouillant :

– Excuse-moi, je ne voulais pas… Excuse-moi…

Je n'en peux plus. Ce n'est pas très malin et, en tout cas, vraiment pas sympa, mais je me lève et je crie :

– Laisse-moi tranquille ! T'es complètement malade !

Il recule effrayé en marmonnant :

– Excuse-moi, je croyais…

Stella se précipite vers moi avec son plateau repas. Aujourd'hui c'est spaghettis bolognaise au menu, et la moitié de son assiette se répand sur le plateau rouge en plastique.

– Qu'est-ce qu'il t'a fait, le psychopathe ? Qu'est-ce qu'il t'a dit ? demande-t-elle, essoufflée.

Je vois qu'elle a hâte que je lui raconte les détails, mais je secoue la tête.

– Rien. Il n'a rien fait.

– Qu'est-ce qui s'est passé, Loulou ? Tu avais l'air terrorisée !

Qu'est-ce qui s'est passé, en fait ? Je ne sais pas bien, je suis encore sous le choc. Troublée.

– Il est vraiment trop étrange…

C'est tout ce que je trouve à dire à Stella.

– Étrange, répète Stella. Il n'est pas seulement étrange, il est *barjo*, oui !

J'acquiesce silencieusement. Je tremble.

Je sens le froid me gagner. J'ai déjà la chair de poule sur les bras. Et je ne peux pas m'empêcher de regarder la chaise vide à ma droite. Est-ce que Thomas a vu quelque chose que je ne vois pas ? Une petite fille… Ça ne peut pas être une coïncidence.

6

Une semaine après l'épisode au réfectoire.

Je me réveille parce que Welly bat des ailes et s'agite. Je n'aime pas spécialement me répéter, mais toutes mes nuits se ressemblent. Après l'épisode avec Thomas le Barjo, cela a même empiré. La petite fille intervient désormais dans absolument *tous* mes rêves, sans exception, et elle me crie quelque chose que je n'arrive pas à comprendre. Dans mon sommeil, j'essaie de la chasser, mais je finis toujours par me réveiller transie de froid, la couette par terre, avec la sensation qu'elle est assise dans le fauteuil de ma grand-mère et me regarde dormir. J'ai beau me dire que c'est impossible, que c'est un effet d'optique, que ce ne sont que mes vêtements empilés sur le fauteuil, c'est extrêmement déplaisant. Si ma mère ne m'avait pas menacée d'en parler à la psychologue de l'école, je crois que je serais allée me blottir dans son grand lit, entre mon père et elle, comme quand j'étais petite et que je faisais des cauchemars – bien anodins en comparaison !

En fait, non, ça ne me tente pas trop. Surtout que mon père ronfle comme c'est pas possible !

Pourtant, c'est de pire en pire.

Hier, mon père a trouvé mes clés dans le réfrigérateur, à l'intérieur de la boîte à fromage ! Honnêtement, je suis peut-être distraite, mais pas à ce point-là. Mes clés puaient tellement que j'ai dû les laisser tremper dans l'évier avec du produit à vaisselle. Et je préfère ne pas parler de mon portable, il disparaît sans arrêt. Je ne suis pas aussi tête en l'air que ça ! Ou est-ce que je perds vraiment la boule ?

Il est possible que je devienne folle, car je commence à croire qu'il y a vraiment une petite fille à mes côtés. Je lui parle même, quelquefois, sur le chemin de l'école. Oui, je lui demande qui elle est, et pourquoi elle me suit.

Mais elle ne me répond pas. Évidemment. Parce qu'elle n'existe pas !

Thomas le Barjo m'évite depuis l'épisode à la cantine. Tant mieux. Cela dit, je sens que je vais être obligée d'aller le voir. C'est quand même étrange, tout compte fait, ce qu'il a raconté sur cette petite fille.

Au secours… il est tellement bizarre ! Et je ne suis pas sûre d'avoir envie d'entendre ce qu'il a à me dire. Pourtant, j'ai le sentiment que je ne m'en sortirai pas sans lui. Oui, c'est une certitude. Je dois me faire violence. Il ne me salue plus de la main et ne nous sourit plus à moi et à « mon amie invisible ». Par contre, j'ai l'impression qu'il me fixe quand je regarde ailleurs. Je sens ses yeux posés sur ma nuque.

Franchement, je n'ai pas envie d'avoir affaire à lui. Qui sait ce qui peut passer par la tête d'un psychopathe ?

Mais je n'ai pas le choix. J'y vais demain. Oui, je vais prendre mon courage à deux mains.

Je le jure sur la bague de ma grand-mère. Ah oui, je ne t'ai pas raconté ! J'ai hérité de la bague que ma grand-mère a reçue à sa communion. Moi, je ne l'ai pas faite, ma communion, mais à sa mort on m'a quand même donné sa bague. Elle est toute simple, en or, sertie avec une pierre violette aux reflets verts. Je crois que c'est une opale. En tout cas, elle prend toutes les couleurs de l'arc-en-ciel quand on la tient à la lumière. Elle est vraiment belle, mais je n'ose pas la porter, tellement j'ai peur de la perdre.

Elle est dans mon coffret à bijoux, que j'ai caché dans un tiroir de ma commode. Tout au fond, derrière mes sous-vêtements.

Je sors la bague, la passe à mon annulaire gauche, car « c'est celui qui est le plus près du cœur », avait coutume de dire ma grand-mère. Et je reste à la contempler.

– Je jure sur la tête de ma grand-mère que demain, je vais parler à Thomas le Barjo !

7

Ce n'est pas si simple d'entrer en contact avec Thomas le Barjo. J'ai essayé toute la journée de croiser son regard, mais il m'a évitée. Ce qui est compréhensible, vu la manière dont je l'ai envoyé sur les roses la dernière fois. D'un autre côté, il peut comprendre qu'il m'a fichu la trouille !

Je ne l'ai pas trouvé à la cantine, et pourtant je l'ai cherché. Je n'ai pas le courage d'aller en cours. Ça a sonné depuis un moment, mais Stella est aux toilettes et je l'attends devant. Ça dure toujours des plombes avec elle.

Et le voilà qui vient vers moi !

Il marche en fixant le sol. Il fait semblant de ne pas me voir et j'ai bien envie de l'imiter. Mais c'est impossible, j'ai juré solennellement que je l'interrogeais aujourd'hui. Allez, je me lance, j'y vais !

Au moment où il passe devant moi, je lui agrippe le bras. Tout son corps sursaute, effrayé.

– Il faut que je te parle. Là, tout de suite !

Ça sonne comme un ordre. Ce n'était pas mon intention, mais les mots sont sortis tout seuls de ma bouche.

Il me regarde et je dois avouer qu'il a quelque chose d'assez fascinant. Et maintenant je sais : ses yeux ! Il a un œil bleu et un œil vert. Comme David Bowie. Ma mère est folle de David Bowie depuis qu'elle est adolescente, et à cet instant je crois comprendre pourquoi.

Thomas me regarde un moment de son regard si envoûtant. Puis il me dit :

– Lâche-moi !

Il se dégage et s'éloigne.

Je lui cours après et le saisit de nouveau par le bras. Il continue d'avancer tranquillement tout en essayant de me faire lâcher prise. Alors je crie :

– C'est quoi, cette histoire de petite fille, Thomas ?

Il s'arrête, plante son regard dans le mien. Du coup, je ne sais pas si je dois fixer son œil bleu ou son œil vert.

Il secoue la tête et lance :

– Oublie ce que je t'ai dit !

Il essaie de poursuivre son chemin, mais j'ai beau être plus petite que lui, j'ai de la force et je l'empêche d'avancer.

– Je veux savoir pourquoi tu as raconté ça. Qu'est-ce que ça signifie ?

– Rien, laisse tomber !

– J'aimerais bien, mais je ne peux pas, parce que...

Je m'arrête avant de finir ma phrase.

– Parce que... quoi ? répète-t-il en me dévisageant de ses yeux qui me troublent tant.

J'ai l'impression qu'il lit dans mon âme comme dans un livre ouvert.

– Parce que...

J'ai du mal à prononcer les mots.

– Parce que je rêve parfois d'une petite fille qui...

Il m'interrompt.

– Oublie ce que je t'ai dit. N'y pense plus !

Je crois voir une ombre passer sur son visage.

– Lâche-moi, maintenant !

Mais je lui tiens fermement le bras et j'insiste :

– Qu'est-ce que tu as ? Pourquoi tu es si bizarre tout à coup ?

– On se demande qui est le plus bizarre de nous deux ! Tu vas me lâcher, oui ?

Pas question de le laisser partir, alors je fais un truc pas sympa, je sais : je lui plante mes ongles dans le bras et je crie :

– Qu'est-ce que tu as ?

Il se passe une main dans les cheveux, soupire et prend une profonde inspiration :

– Ce que j'ai ? Tu veux vraiment savoir ce que j'ai ?

Je fais signe que oui.

– Tu es sûre ?

– Oui, je chuchote.

– Il y a effectivement une petite fille. Et elle est même juste à côté de toi, en ce moment.

Je suis partagée entre la peur et la colère. Malgré tout, j'ai envie d'en savoir davantage. Alors je l'interroge d'une voix qui monte dans les aigus au point de paraître hystérique :

– De quoi tu parles ? Ça ne t'étonne pas, toi, d'être le seul à voir cette fille ?

Il me jette un regard glacial, puis dit tout doucement :

– Non, car je sais que je suis le seul ici qui puisse voir les morts.

– Les morts ? je répète avec un sourire nerveux.

Son regard devient grave.

– Tu trouves ça drôle ? Tu crois que c'est marrant d'être considéré comme un malade mental parce qu'on voit quelque chose qui échappe à tout le monde ?

Il me scrute de nouveau avec ces yeux qui me mettent mal à l'aise.

– Il y a une petite fille à côté de toi, en ce moment. Est-ce que tu comprends ça ?

Puis il dégage enfin son bras et se dirige vers la sortie d'un pas lourd.

Il est complètement barjo. Mon cœur bat à tout rompre, j'ai la chair de poule sur les bras et les paumes brûlantes. Je suis tétanisée, je n'arrive pas à bouger. J'ai tellement peur que la méchanceté reprend le dessus et je lui crie :

– Hé, rentre chez toi et demande à ta mère de te renvoyer à l'hôpital psychiatrique !

Je ne sais pas ce qui m'a pris.

Il s'arrête, se retourne lentement vers moi et dit :

– À ma mère ? Je t'ai dit que je pouvais voir les morts, pas leur parler !

Et il continue son chemin.

Je reste sous le choc. Est-ce qu'il y a vraiment quelqu'un à côté de moi ? Et qu'est-ce qu'il a voulu dire à propos de sa mère ? Qu'elle est morte ?

Pourquoi ai-je hurlé des choses si méchantes ? Qu'est-ce qui m'arrive ?

Toujours pétrifiée, je crie :

– Hé, Thomas ! Pardon ! Thomaaas !

Il ne semble même pas m'entendre et s'éloigne.

Parfois, je me déteste.

Soudain, je sens quelqu'un à côté de moi, quelqu'un qui me tape sur l'épaule. Je tourne la tête et j'aperçois le sourire béat de Stella.

– Dis donc, t'as été touchée par la flèche de Cupidon ou quoi ?

Comme si elle s'y connaissait en mythologie romaine !

– C'est vrai qu'il est pas mal, il a un petit quelque chose… enfin, si on aime les dingues.

Zut et zut !

8

Je veux seulement lui parler !

Impossible de me concentrer en cours. Déjà qu'on commente un livre qui m'ennuie à mourir.

Qu'est-ce que Thomas a dit sur cette fille invisible ? Pourquoi je me mets chaque fois tellement en colère ? Est-ce l'angoisse qui me fait mordre comme un chien enragé ?

La section P sort d'habitude une heure avant nous, alors je sèche le cours d'allemand et je me poste dans la cour de l'école.

Il bruine. Ça fait vingt-sept minutes que j'attends et je commence à trouver le temps long. Je ferais peut-être mieux de rentrer tout bêtement chez moi.

Je prends mon sac que j'avais jeté par terre et, à l'instant où je m'apprête à m'en aller, je l'aperçois qui traverse la cour. Zut ! Il n'est pas seul, il y a un autre garçon de sa classe avec lui. Un type qui a un drôle d'air et qui avance les yeux baissés.

Qu'est-ce que je fais ?

Je décide de les suivre.

Ils ne se parlent pas. Ils se contentent de marcher l'un à côté de l'autre en silence. Garé devant le portail de l'école, il y a un taxi noir. Tous deux se dirigent vers la voiture et je crains que Thomas ne m'échappe. Mais ils se serrent la main sans un mot et l'autre type monte dans le taxi en disant :

– Salut, Thomas, à demain !

Ce dernier hoche la tête, la portière se referme et le taxi s'éloigne. Thomas continue son chemin d'une démarche nonchalante.

Je le suis le cœur battant. Ce n'est pas que j'aie peur, mais je me sens nerveuse. Il faut que je lui présente mes excuses pour tout à l'heure. Le pauvre, comme s'il n'avait pas déjà assez de problèmes. Comme s'il avait le temps de s'occuper d'une petite prétentieuse dans mon genre.

J'aurais vraiment mérité un coup de pied dans le derrière, comme dit parfois mon père.

– Thomas ! je l'appelle.

Mais il n'entend pas, en tout cas il ne se retourne pas. Il faut dire que j'ai la voix qui se coince dans la gorge.

– Thomas ! je crie un peu plus fort.

Mais il reste parfaitement indifférent.

– THOMAS ! je hurle si fort que je sens mes poumons sur le point d'imploser.

Il s'arrête, sans se retourner. Hésite. Puis se remet à marcher.

J'inspire. Tout en décidant que j'ai assez crié pour aujourd'hui. J'ai déjà la gorge irritée. Je me ressaisis et le rattrape en courant. Je lui prends le bras.

– Thomas, je te demande pardon. Tu entends ?

– Casse-toi ! lance-t-il en se dégageant.

Je continue à lui courir après et je m'agrippe encore à son bras. S'il croit qu'il peut se débarrasser de moi aussi facilement...

– Je te demande pardon, Thomas ! je répète, cette fois d'une voix plus aiguë.

Il s'arrête.

– Tu m'as appelé Thomas ? Je croyais que vous m'aviez baptisé Thomas le Barjo ?

Au temps pour moi !

Il se remet à marcher, mais je me cramponne à lui, et il est obligé de me traîner. Heureusement il ne va pas trop loin, car j'ai une crampe qui s'installe dans le bras.

– Pardon, pardon, pardon ! dis-je.

Il esquisse un minuscule sourire.

– OK, excuses acceptées. Bon, maintenant il faut que je rentre.

– Non, il faut qu'on parle, il faut que je sache ce que tu vois. Elle est comment, cette petite fille ?

Il pousse un profond soupir et secoue la tête.

– Laisse tomber !

– Je ne peux pas. S'il te plaît, Thomas, dis-moi ce qu'elle a.

Il semble réfléchir.

– Je n'ai plus envie d'en parler. OK ?

– Pourquoi ?

– Parce que. Tu me lâches les baskets ?

– Non ! je proteste, en essayant de faire mon plus beau sourire.

Il se contente de secouer la tête.

– *Please*..., je le supplie.

– Écoute, ça suffit, Loulou. C'est bien comme ça qu'on t'appelle, non ?

– Euh... oui.

– Eh bien, c'est pas drôle, Loulou.

– Je le sais, je rétorque avec un regard grave. Mais j'ai besoin de savoir ce que tu as vu.

Il secoue de nouveau la tête.

– C'était une bêtise. Je suis désolé d'en avoir parlé. C'était rien. Je n'ai rien vu !

– C'est pas vrai !

Il me dévisage. Peut-il vraiment lire dans mon âme comme dans un livre ouvert ?

– Laisse tomber, je t'ai dit.

Non, je ne peux pas. Il a vu quelque chose, je le sais.

– Je te crois, Thomas ! j'insiste alors qu'il reprend son chemin. Je rêve toutes les nuits d'une petite fille. Elle prend ma couette, la jette par terre, cache mes affaires, et la nuit j'ai parfois l'impression qu'elle est là, à mes côtés. Mais jamais dans la journée. Et toi, tu la vois. Ça ne peut pas être une coïncidence !

Il se retourne et me lance avec un regard dur et distant :

– Thomas le Barjo va te donner un bon conseil : oublie ça, Loulou.

– Je voudrais bien, mais c'est impossible. Plus j'essaie de l'ignorer, plus elle vient souvent. Thomas, qu'est-ce qui se passe ?

– Oublie-la, répète-t-il.

– Je viens de te dire que ce n'est pas aussi simple. Je ne demande pas mieux, moi, c'est elle qui ne me lâche pas. Alors explique-moi ce qui m'arrive !

Il soupire, prend ma main et me regarde droit dans les yeux.

– Loulou, c'est une petite fille qui est *morte*. Ou un esprit, si tu préfères. Si tu ne la prends pas au sérieux, elle finira par s'en aller.

Une fille morte ? C'est glauque…

J'ai l'impression qu'il ne se sent pas bien. Je tiens fort sa main, car je ne veux pas qu'il m'abandonne maintenant.

– Excuse-moi, Loulou, ça me fait mal quand tu serres comme ça. Tu ne crois pas que tu m'as assez brutalisé aujourd'hui ?

Je relâche un peu la pression, mais je ne souris pas.

– Aide-moi ! Je t'en prie !

Il me sourit avec bienveillance, secoue la tête.

– Une adolescente hystérique poursuivie par un esprit tourmenteur, qui ne la lâche pas d'une semelle, je n'ai vraiment pas besoin de ça en ce moment, crois-moi !

– Un « esprit tourmenteur », comment ça ?

Il secoue de nouveau la tête.

– Oublie ce que je t'ai dit, Loulou !

– Désolée, mais je ne peux pas.

– Écoute, je donnerais n'importe quoi pour être un type normal. Pour le devenir, il faut que je me tienne à distance des morts. Que j'évite de parler d'eux. C'est ma seule chance d'échapper aux médicaments et aux diagnostics de schizophrénie, psychose, hyperactivité, syndrome d'Asperger, trouble schizoïde, hallucinations, etc. J'ai eu droit à tout. Je voudrais tellement être « normal », répète-t-il en faisant le signe des guillemets avec ses doigts.

Je comprends son problème. Le hic, c'est que, moi aussi, j'en ai un en ce moment, et que j'ai besoin de lui !

– Je te rappelle que c'est toi qui as commencé. C'est toi qui m'as abordée à la cantine pour me parler de la petite fille.

Il passe une main dans ses cheveux bruns. Ils sont presque noirs et j'ai du mal à déterminer si c'est leur couleur naturelle ou s'il a aidé un peu la nature. En tout cas, ils ont des reflets bleutés magnifiques quand le soleil se pose dessus. Comme maintenant, dès qu'un rayon de soleil perce la couche de nuages.

– Tu sais, au début, je n'ai pas vu qu'elle était morte. Je croyais qu'elle existait vraiment ! Elle a une présence assez phénoménale. Quand ils émettent autant d'énergie, j'ai du mal à distinguer les morts des vivants. Je n'ai pas pensé que c'était un esprit, tellement elle rayonnait.

– Elle rayonnait ?

– Oui, l'énergie qui venait d'elle était si forte que j'ai cru qu'elle était vivante.

– Alors, comme ça, tu confonds les morts et les vivants ?

– Parfois. Mais c'est rare, si ça peut te rassurer. Extrêmement rare.

Je pousse un gros soupir. Est-ce que je dois tout laisser tomber comme Thomas me l'a ordonné plusieurs fois ? Cette histoire est tellement étrange…

– Thomas, pourquoi elle revient ?

Il hausse les épaules et ouvre les bras dans un geste d'impuissance :

– Il lui reste peut-être quelque chose à terminer.

– Je ne comprends pas.

– Écoute, je n'ai pas le courage de t'expliquer ça. En fait, je n'ai pas envie d'en parler ici. Viens chez moi si tu veux.

Tout en le suivant, je reviens à la charge :

– Comment ça se fait que tu puisses voir les morts, et pas nous ?

– Je n'en ai aucune idée. Et je n'ai pas spécialement envie de le savoir. Tu n'imagines pas comme j'aimerais ne pas les voir !

Une mèche de cheveux noirs a glissé sur son œil gauche, le bleu, il la repousse d'un geste agacé. Il plisse les yeux, car le soleil entre à présent en plein dans sa chambre.

– Thomas, à ton avis, qu'est-ce qu'elle attend de moi ?

Il détourne les yeux.

– Loulou, je regrette, mais je ne veux plus que tu me mêles à tout ça.

Et il change carrément de sujet :

– Comment peut-on savoir si la Terre n'est pas l'enfer d'une autre planète ? lance-t-il en se mettant à marcher dans la pièce.

Seulement voilà. Les citations, j'en connais un rayon. Et celle-là, je l'ai déjà entendue. Ou plus exactement je l'ai lue. Je crois même l'avoir recopiée dans mon cahier de géographie, avant Noël. Elle était de qui ?… Pensons vite et bien !

Est-ce que je l'ai découverte sur une boîte de réglisse, dans une papillotte de Nouvel An ou sur le mur de toilettes publiques ?

J'y suis ! C'était gribouillé sur les toilettes du centre commercial de Frederiksberg.

– Aldous Huxley !

Il arrête de marcher. Je répète :

– Aldous Huxley !

Il hoche la tête et je vois que j'ai marqué un point.

– Et tu es d'accord avec ce qu'il suggère ? je demande.

– Comment ça ?

– Tu penses que la Terre est l'enfer d'une autre planète ?

Il hausse les épaules en souriant. Je crois l'avoir quand même un peu épaté.

Je lui souris moi aussi, car je n'avais encore rencontré personne, je dis bien *personne*, capable de me citer Aldous Huxley.

– Qui te dit que la Terre n'est pas plutôt le paradis de l'univers, Thomas ?

Il hausse les épaules. Je reprends :

– Tu me sers une autre tasse de thé ?

Il hésite.

– Oh, il n'est pas très bon…

Je l'interromps.

– Si, je t'assure.

Quand j'ai quelque chose en tête, je ne lâche jamais. Je m'accroche comme une sangsue.

– OK, mais à une seule condition : que tu ne me pinces plus le bras ! Ça me fait encore mal, dit-il en se massant le coude.

Puis il sourit. Il a des dents magnifiques. Ah, quel sourire !

9

C'est étrange de se retrouver à boire du thé dans la chambre de Thomas. Il n'y a rien qui cloche avec le thé. Au contraire, il est délicieux. Thomas et son père sont apparemment des gourmets qui s'y connaissent en thé.

J'ai eu le choix entre toutes sortes de petites pochettes dorées sur lesquelles était écrit à la main, d'une écriture penchée : « thé au coing », « thé vert au gingembre et citron vert », « thé à la cannelle et aux amandes » pour n'en citer que quelques-uns. J'ai finalement choisi un thé vert bio à l'orange et à l'anis. Et je ne l'ai pas regretté. Le goût n'a rien à voir avec les sachets de thé aux fruits ou à la camomille qu'on a d'habitude à la maison.

Toute la chambre sent maintenant l'orange et l'anis.

Thomas a posé la théière sur une petite table, je suis assise sur son lit, et il est à côté de moi. Une sorte de gêne s'est installée entre nous. Le silence règne et je sais que c'est à moi de le briser. Mais j'ai peur que seuls des sons rauques sortent de ma bouche.

Je devrais peut-être boire encore une gorgée de thé pour me donner du courage.

D'ailleurs on se sent drôlement bien dans cette chambre. On en oublie que c'est celle d'un garçon. Et de la section P en plus… même si je sais que je ne devrais pas dire ça.

Cette chambre, elle est comme une petite caverne. Avec des tapis colorés par terre et un grand lit qui remplit presque toute la pièce. Le lit n'était pas fait quand on est entrés, et en un rien de temps il l'a recouvert d'un dessus de lit bleu clair – un tissu brillant genre thaïlandais – avec des coussins de différentes couleurs, eux aussi en soie. Ça fait vraiment joli. Il a dû voyager en Thaïlande, mais je préfère ne pas poser de questions, au cas où ce serait lié à sa mère.

Thomas habite une petite rue entre l'avenue Frederiksberg et la Vesterbrogade, dans une de ces grandes villas anciennes dont ma mère a rêvé toute sa vie. Moi, je trouve que certaines de ces énormes villas font un peu peur. Comme celle de Thomas, par exemple. Cela dit, Thomas et son père n'occupent pas toute la maison, juste le rez-de-chaussée.

Dehors, dans le jardin un peu à l'abandon, il y a une vieille voiture. C'est incroyable de la laisser là, devant la maison. Une Ford Cortina qui n'a pas dû rouler depuis des lustres. Un arbuste a même élu domicile dans l'habitacle de la voiture et pousse à travers le pare-brise cassé. J'ai fait comme si je ne l'avais pas vue. Ou comme si je trouvais ça normal d'abandonner une carcasse de voiture dans le jardin d'une adresse aussi prestigieuse. Oui, tout à fait normal.

Au rez-de-chaussée, on a traversé trois immenses salons où je me suis sentie mal à l'aise. De beaux salons avec des stucs et tout ça, mais qui respirent la tristesse. Que des teintes sombres, pas de nappe à fleurs, ni de chandelier avec des bougies de toutes les couleurs. C'est même l'opposé. C'est ennuyeux comme la pluie. Les rideaux sont sinistres, d'un vert qui a passé au soleil, et s'ouvrent sur un jardin fatigué, sans feuilles sur les arbres ni les arbustes. Mais bon, ça, Thomas et son père n'y peuvent rien. C'est la saison qui veut ça.

Il y a des piles de papiers couverts de formules mathématiques. De longues formules qui me fatiguent rien que de les regarder. Faut dire que je suis une catastrophe en algèbre.

Thomas a fait un geste de la main en disant :

– Mon père est prof de maths, à l'université.

Comme si cela expliquait tout, ce qui est le cas, dans une certaine mesure. Je ne connais personne d'autre dont le père soit prof de quoi que ce soit, à l'université.

La cuisine, ça va, elle m'a fait un peu penser à celle de ma grand-mère. Elle date, mais elle est lumineuse, avec des placards blancs – ou du moins qui ont été blancs autrefois. Maintenant ils ont un peu jauni. Thomas a préparé du thé et pris des biscuits au chocolat.

Puis on est directement allés dans sa chambre au sous-sol. Malgré l'humidité, on se sent bien ici. Quelle différence avec le reste de la maison !

Il y a plein de bougies et de lampes à huile. Thomas se lève et les allume toutes. Je ne connais aucun autre garçon qui ferait ça. D'ailleurs, je connais qui, comme garçon ? Je veux dire : assez pour aller boire un thé chez lui. En fait, récemment : personne !

Bon, comment je fais pour rompre le silence qui rend l'atmosphère si pesante ? Je veux dire : ce n'est pas un rendez-vous galant – en réalité je n'en ai jamais eu avec personne. Alors je bois encore une gorgée.

– Il est joli, ton dessus-de-lit, je lance en le tapotant.

Mais je m'interromps aussitôt : et si *elle* était là ? Assise en ce moment même à côté de moi ? Est-ce que je viens de la frapper ?

Il sourit simplement et j'ai envie de crier :

« Allez, mets-y du tien, Thomas, aide-moi ! »

– Beaux coussins, je hasarde.

Il acquiesce, souffle pour éteindre une allumette.

Ensuite il s'assoit à côté de moi et boit son thé. Je rêve ou il a la main qui tremble légèrement ?

– Ils viennent de Thaïlande… tes coussins ?

Il hoche la tête.

– Tu as été là-bas ?

– Hmm, répond-il en soufflant sur son thé.

Il le fait exprès, ou quoi ?

Je prends une dernière gorgée, décide de compter jusqu'à soixante avant d'ouvrir la bouche à nouveau. Tiens, soixante « Mississippi », comme le fait toujours Ross dans la série *Friends*.

Un Mississippi, deux Mississippi, trois Mississippi… rien.

J'arrive à cinquante-quatre Mississippi, avant que Thomas murmure quelque chose :

– Tu veux un biscuit… ?

– Merci, dis-je d'une voix rauque.

C'est fou, le bruit que fait un biscuit au chocolat quand on mord dedans, dans la chambre d'un garçon muet.

Sur une étagère, tout en haut, il y a une photographie représentant une femme et un petit garçon. Pas de doute : c'est Thomas avec sa mère. C'est une femme sans chichis. Pas de maquillage, de longs cheveux noirs bouclés naturellement, un manteau vert en laine de bonne qualité. Elle ressemble à une maîtresse d'école.

Malheureusement, on ne peut pas voir la couleur de ses yeux.

Je me jette à l'eau.

– C'est ta mère ?

Il fait oui de la tête.

– Est-ce qu'elle est… morte ?

Il hoche de nouveau la tête, sans rien dire, il souffle seulement sur son thé.

– Faut pas m'en vouloir, te sens pas obligé de répondre à mes questions, si t'as pas envie. Je ne me rends pas toujours compte…

Il ne prononce pas un mot, boit son thé en me jetant un regard par-dessus sa tasse.

– Est-ce que tu peux aussi voir ta mère ? Je veux dire, la voir et lui parler, même si elle est morte ?

Il hésite. Puis il a un sourire presque indulgent.

– Non, dit-il en secouant la tête, je ne peux pas. Ma mère est passée de l'autre côté.

– De l'autre côté ? Où ça ?

– Ma mère avait accepté de mourir. Elle cherchait la lumière et maintenant elle est là où les morts doivent être.

– Et c'est où, Thomas ?

Il hausse les épaules.

– C'est hors de ta portée. Et de la mienne.

– Est-ce que ça te rend triste ?

– Je suis triste qu'elle soit morte. Mais je suis content qu'elle soit passée de l'autre côté. Elle est là où est désormais sa place.

A-t-il les larmes aux yeux ? Je préfère changer de sujet. Sa mère, c'est quand même trop intime.

– Mais alors, qu'en est-il de ceux que tu vois, comme la petite fille ?

Il prend une grande inspiration.

– Eh bien, ceux-là ne sont pas passés de l'autre côté, c'est comme… comment t'expliquer… une empreinte spirituelle, des énergies qui n'ont pas compris qu'elles sont mortes.

– Mais pourquoi, Thomas ? j'insiste en croisant les bras pour bien montrer mon scepticisme.

– Je ne sais pas. Il peut s'agir de personnes qui sont mortes de manière violente, sans avoir le temps de s'en rendre compte. Ou qui n'ont pas pu terminer ce qu'ils étaient en train de faire, si tu vois ce que je veux dire…

– Non, pas vraiment.

– On ne pourrait pas parler d'autre chose ? Comme je te l'ai dit, je préférerais éviter le sujet, dit-il en prenant un biscuit au chocolat.

– Pourquoi ? ne puis-je m'empêcher de demander.

– Parce que les gens croient que je suis cinglé. Toi aussi, tu t'interroges, je le vois sur ton visage.

Je ne réponds pas.

Et voilà le silence qui revient entre nous. Mais je refuse de laisser la conversation s'enliser. Au bout de vingt-cinq Mississippi, je reprends la parole.

– Je ne crois pas que tu sois cinglé… enfin pas tant que ça, dis-je avec un sourire idiot. C'était une plaisanterie, je m'empresse de préciser.

En réalité, cette phrase exprime assez bien mes doutes.

Il a un sourire sarcastique.

– Très drôle !

– Pardon, Thomas. Ce n'est pas ce que je voulais dire.

– Non, ça va, je te comprends, ajoute-t-il sans me regarder. Il s'amuse à passer son index à travers la flamme d'une bougie posée sur la table.

– Thomas, est-ce que tu la vois en ce moment ?

Il fait oui de la tête.

– Distinctement ? j'ajoute.

Il hoche de nouveau la tête.

– Tu la vois où ?

Il indique du doigt un endroit à ma gauche.

– Qu'est-ce qu'elle fait ?

– Elle est juste assise là.

– Est-ce que tu sais qui c'est ?

Il secoue la tête.

– Est-ce qu'elle a de longs cheveux noirs ?

Il confirme.

– De grands yeux ?

Il confirme encore.

– Est-ce que tu remarques quelque chose de particulier chez elle ?

Il se penche vers moi et scrute ce qui pour moi n'est que le vide.

– Elle saigne un peu à la tempe gauche.

– Autre chose ?

Il hausse les épaules.

– On ne pourrait pas arrêter, Loulou ?

J'acquiesce en frissonnant. Je bois un peu de thé.

Il y a deux petits flacons de comprimés sur son bureau. Je les montre du doigt.

– Tu es malade ?

Il hausse les épaules.

– Il y en a qui le pensent.

Bon, pas la peine d'insister. Par bonheur, j'aperçois quelques médailles sur l'étagère au-dessus de son bureau. Je me lève pour mieux les voir.

– Tu fais du karaté ?

Il hoche la tête. Ah, il n'est vraiment pas causant !

– Et tu te débrouilles bien ? dis-je en donnant un coup de pied en l'air.

Il saisit mon pied au vol.

– Oui, vachement bien !

Je suis en déséquilibre et je finis par tomber sur le lit de Thomas. La honte ! Pendant quelques millièmes de secondes, on se regarde droit dans les yeux. Puis mon regard glisse sur son nez – un très joli nez, d'ailleurs ! – et sur ses lèvres. Et ses yeux, oh, mon Dieu… ils sont fascinants !

– Au fait, pourquoi tu as un œil bleu et un œil vert ?

Il tourne la tête.

– Je suis né comme ça.

Oh là là, j'ai ressenti un truc bizarre. Je ne sais plus où me mettre.

– Sur une échelle de 1 à 10, tu te situes où au karaté, Bruce Lee ? je lance sur un ton un peu trop exalté.

Je me relève brusquement, de manière maladroite.

Je n'y connais rien en karaté. J'ai seulement entendu parler de Bruce Lee, parce que c'était l'idole de mon père quand il était jeune. Il m'a montré des tonnes de films de karaté avec lui. Ce type est assez fascinant, surtout quand on pense qu'il est mort lors du tournage de son dernier film. Officiellement, il a fait une allergie à des cachets contre le mal de tête ! Mais certains prétendent qu'il a été empoisonné par la mafia chinoise. C'est le genre de choses qui me passionnent. J'adore les thèses conspirationnistes. Est-on vraiment allé sur la Lune ? Et si Elvis n'était pas mort ? Sans parler du destin étrange de Michael Jackson !

– Je n'arrive pas à la cheville de Bruce Lee, répond Thomas, qui, gêné, se lève à son tour. J'ai commencé le karaté parce qu'ils ont dit que ça m'aiderait à canaliser mon énergie négative. C'était à l'époque où ils pensaient que je souffrais de TDAH.

– C'est quoi, le TDAH ?

– Trouble déficitaire de l'attention avec hyperactivité. Tu sais, quand on déborde d'une énergie dont on ne sait que faire et qu'on ne peut pas se concentrer. Mais le karaté, ça me plaît. Alors, même s'ils ont changé de diagnostic, je continue à aller à l'entraînement.

– Tant mieux ! je m'exclame à défaut de trouver autre chose à dire.

Je me rassois. C'est donc pour ça qu'il est si musclé.

Il reprend sa place à côté de moi et pousse un profond soupir.

– Je crois que je suis obligé de le faire.

– De faire quoi ? D'aller au karaté ?

– D'ouvrir la porte !

– D'ouvrir la porte ? De quoi tu parles, Thomas ?

– Pour laisser entrer les esprits, Loulou. La petite fille, ou son esprit, veut quelque chose. Elle insiste lourdement. Elle ne te quitte pas d'une semelle.

– En ce moment non plus ?

– Non... Elle est là tout le temps.

– Pourquoi ?

– Aucune idée, je vais devoir demander conseil à Ruth.

– Ruth ?

– Mon mentor en parapsychologie.

– En para-quoi ?

– En pa-ra-psy-cho-lo-gie. Ma conseillère en esprits, si tu préfères. Elle m'a pour ainsi dire sauvé la vie. C'est elle qui m'a appris à ne pas laisser entrer les esprits.

– Une psychologue, donc ?

– Non !

– Pardon, une psychiatre... Je n'ai jamais bien compris la différence entre un psychologue et un psychiatre...

– Non, aucun des deux. Ruth, c'est quelqu'un, crois-moi. Elle est parapsychologue. Elle ne pose pas de diagnostic psychiatrique, parce qu'elle sait très bien que certaines personnes peuvent voir les morts. Honnêtement, si je ne la connaissais pas, je ne sais pas ce que je serais devenu.

C'est incroyable comme il est loquace tout à coup !

– Ah bon, dis-je comme si c'était une conversation normale entre deux potes. Et tu l'as rencontrée comment... cette Ruth ?

Il me montre du doigt son ordinateur.

– Sur internet. C'était à un moment où je croyais vraiment devenir fou. Enfin quelqu'un qui me comprenait ! Je crois qu'elle est presque une âme sœur.

– Une *soul mate*, rien que ça ! je renchéris pour l'impressionner avec mon vocabulaire anglais.

Pourquoi je me comporte ainsi ?

Il acquiesce. Et le pire, c'est que je continue sur ma lancée :

– Et moi qui commençais à croire que c'était moi.

– Mon âme sœur ? demande-t-il.

Il a rougi. Et moi aussi, en fait. J'aurais dû tourner sept fois ma langue dans ma bouche avant de parler.

Il esquive :

– Pour revenir à la parapsychologie, je crois qu'elle attend quelque chose de nous... la petite fille. On va être obligés d'en parler à Ruth.

– Tu veux que je t'accompagne chez cette Ruth ?

– Évidemment. Cette petite fille est *ton* esprit tourmenteur.

– OK ! Mais explique-moi, Thomas. C'est quoi, la parapsychologie ?

– C'est une sorte de science des phénomènes psychologiques surnaturels... Un truc dans le genre.

– Et un esprit tourmenteur ?

– C'est, comme son nom l'indique, un esprit qui vient te tourmenter sans arrêt, qui te suit partout...

J'en ai froid dans le dos. Ça existe donc, les esprits qui reviennent hanter les vivants ? Et c'est quoi, cette prétendue science ? Tout ça me paraît de la folie douce...

10

Ce que ça pue dans cet ascenseur ! Je ne sais pas si c'est de la pisse de chat ou un homme qui… je préfère ne pas y penser. Et on est secoués comme dans la navette *Challenger*, quelques secondes avant qu'elle explose. Pas la peine d'être parano pour se demander s'il va réussir à atteindre le treizième étage ou s'il va se détacher et tomber en chute libre. Et mieux vaut ne pas être claustrophobe, car on est serrés comme des sardines. Deux grosses bonnes femmes nous ont poussés pour entrer dans la cabine avec nous.

Thomas et moi, on a séché les cours et pris deux bus différents pour arriver à Høje Gladsaxe. Je ne sais pas pourquoi, mais je ne me sens pas très à l'aise dans cette banlieue battue par les vents, avec cinq tours qu'on ne peut pas comparer à des gratte-ciel mais qui, à nous autres Danois, nous paraissent gigantesques. Et effrayantes.

On a ici une impression de vide, et pourtant il y a plein de types louches qui traînent. À moins que ce ne soit moi qui me méfie de tout le monde à présent ? Peut-être parce que je ne suis pas sûre d'avoir fait le bon choix. Je suis à la fois nerveuse et impatiente d'en savoir davantage. J'ai l'impression d'être sur un sol mouvant, ou en partance pour un pays étranger. Thomas, en revanche, se sent ici comme un poisson dans l'eau. Il m'a proposé de prendre un kebab au centre commercial avant de monter voir Ruth. Il affirme que ce sont les meilleurs – et les moins chers – de toute la ville. Et c'est vrai qu'ils ont l'air délicieux. Il faut voir la mine réjouie de Thomas qui termine son deuxième kebab.

– Tu devrais vraiment goûter, rien qu'une bouchée ! insiste-t-il.

C'est drôle, j'ai l'impression qu'on se connaît depuis longtemps. Mais j'ai une boule au ventre. Alors je préfère ne rien avaler.

Thomas a fini, il a de la sauce aux commissures des lèvres. Dois-je le lui signaler ? Finalement, je le lui fais comprendre par des signes, dans le dos des deux grosses dames (« corpulentes » rectifierait ma mère, disons donc : très corpulentes !). Je porte le pouce et l'index droit à ma bouche et fais semblant de l'essuyer vigoureusement.

Il me dévisage d'abord sans réagir, alors je recommence, et il comprend enfin. Moi qui pensais que, quand on avait des visions, on savait interpréter les signes...

Ça sent le curry, quand on sort de l'ascenseur, au treizième étage. Le curry et une autre épice assez forte.

– Du cumin, dit Thomas sans me regarder.

Il y a trois portes sur le palier. Il va droit vers celle qui est le plus à gauche. Sur la boîte à lettres, on lit « Ruth Hansen », et au-dessus, écrit à la main : « Rosita Fernandez, conseil en parapsychologie ».

Thomas voit que j'examine les inscriptions.

– C'est son pseudonyme. Son nom d'artiste, si tu veux. Celui qu'elle utilise quand elle se déplace dans le monde métaphysique.

– Je croyais que ça s'appelait le monde parapsychologique, Thomas ?

Il sourit.

– C'est pareil.

Alors je ne peux m'empêcher de sourire aussi en disant :

– Peut-être qu'elle n'a rien de spécial, cette Ruth Hansen.

Il sourit encore. Il a l'air sincèrement content, je sens qu'il a l'esprit plus léger.

Il pose le doigt sur la sonnette et appuie à fond. On entend une mélodie résonner à l'intérieur de l'appartement. On dirait la musique de *Mission impossible* ! Mais oui, c'est bien ça !

Puis une voix rauque et féminine lance :

– Oui, oui, j'arrive !

Elle met une éternité à venir.

Enfin, une petite femme nous ouvre la porte. Et, quand je dis « petite », je pèse mes mots. Elle est vraiment minuscule. Dès qu'elle aperçoit Thomas, un large sourire apparaît sur son visage. Thomas se penche et la serre contre lui. Elle est presque noyée entre ses bras. Ils restent ainsi de longues minutes.

– Ça me fait plaisir de te voir, mon garçon !

– Et moi donc, Ruth !

Puis Thomas relâche son étreinte. Ruth me tend une petite main toute fine, avec des veines apparentes et des doigts jaunis par la nicotine, en disant :

– Eh bien, sois la bienvenue !

Jamais je n'aurais cru qu'un petit bout de femme pourrait avoir une voix aussi grave.

Un nuage de fumée flotte dans tout l'appartement. Ça sent les cigarettes menthol, que Ruth doit fumer à la chaîne. C'est sans doute à cause de ça qu'elle a l'air d'une petite dame desséchée.

Une fois dans l'entrée, on passe dans la cuisine, où se trouvent un vieux canapé en velours marron et une table quelconque avec un bouquet de fleurs artificielles au milieu. Au-dessus du canapé sont accrochées des photos d'enfants tziganes qui pleurent. Une drôle de cuisine, mais on s'y sent bien.

– Oh là là, vous dégagez une énergie pas piquée des hannetons ! s'exclame Ruth en se prenant la tête entre les mains comme si elle était soudain victime d'une terrible migraine. Oh, j'ai un de ces vertiges...

Qui sait si ce n'est pas dû aux nombreux flacons de comprimés posés sur un guéridon près du canapé ?

Elle va vers la cuisinière et met de l'eau à chauffer dans une vieille bouilloire.

– J'ai acheté le thé au coing que tu aimes tant, dit-elle en se tournant vers Thomas.

Le regard qu'elle pose sur lui est tendre, voire maternel. Et on n'a pas besoin d'avoir étudié la psychologie pour comprendre que, pour Thomas, elle est bien plus qu'une conseillère en parapsychologie.

– Dis donc, tu as drôlement grandi depuis la dernière fois, mon garçon. Ils te nourrissent avec des engrais ou quoi ?

Thomas sourit et l'embrasse sur le front.

Puis elle soupire et jette un regard par la fenêtre.

– Même par mauvais temps, on peut apercevoir la centrale de Barsebäck d'ici. Ils adorent l'énergie nucléaire, les Suédois. Mais, le jour où il y aura des fuites radioactives, on verra s'ils ne changent pas d'avis.

Elle met du thé en vrac dans un sachet qu'elle dépose dans une théière déglinguée.

– Cela dit, quand ça explosera, c'est d'abord Copenhague et ses habitants qui seront touchés, surtout si le vent souffle du sud.

Thomas me sourit comme pour solliciter ma bienveillance. Il faut dire que son « mentor » affiche clairement ses positions. Puis il s'adresse à Ruth :

– Tu n'as pas à t'inquiéter. Ils ont fermé les réacteurs, on en a déjà parlé l'autre fois.

Ruth secoue la tête, incrédule, tandis qu'elle remplit la théière d'eau bouillante. J'ai peur qu'elle ne s'en renverse sur la main.

– Oui, oui, c'est ce qu'ils disent, mon garçon. Mais tu verras... Et les déchets radioactifs, qu'est-ce qu'ils en ont fait ? Je suis sûre qu'ils sont au fond du détroit d'Øresund. Mon premier mari était suédois, alors je sais de quoi je parle. On ne peut pas compter sur ces gens-là. La preuve : ils sont en train de construire la plus grande centrale nucléaire de Scandinavie. À croire qu'ils ont perdu la tête...

Elle nous tourne le dos et regarde la couche de nuages gris. J'avoue que moi, d'ici, je ne vois ni la centrale, ni la Suède.

– La vache ! s'exclame au bout d'un moment Ruth en se retournant d'un coup. Cette énergie est drôlement forte ! Elle remplit toute la cuisine. Thomas, emporte les tasses au salon, j'arrive avec le thé.

Dans le salon, on s'assoit dans un grand canapé d'angle marron, très élimé. La table basse est couverte de vieux journaux et magazines. Il y a aussi des flacons de pilules dans une corbeille en plastique orange et une demi-bouteille de bière. Et puis des cartes qui traînent. Au début, je me dis que Ruth a dû faire une patience, mais en y regardant de plus près je vois qu'il s'agit d'un jeu de tarots.

Ruth surprend mon regard.

– Oui, explique-t-elle, vous deux, vous allez connaître une période très mouvementée et il va falloir vous serrer les coudes pour aller au bout de votre projet. Vous êtes élus. Oui, élus, répète-t-elle, la mine grave, en fermant très fort les yeux.

Je ne sais pas si je dois rire ou pleurer. Elle est bien gentille, mais trop bizarre pour moi. Presque inquiétante. Je sens que je vais sourire, c'est sûrement un signe de nervosité. Je fais toujours un sourire idiot, quand je me sens mal à l'aise.

Je me mords l'intérieur des joues et j'ai aussitôt un goût de fer dans la bouche. Ça saigne un peu et la brève douleur physique m'aide à penser à autre chose.

Ruth prend ses cigarettes menthol extra-longues. Elle nous en propose, mais nous déclinons tous les deux. Elle soupire.

– Ah, la jeunesse d'aujourd'hui ! Vous êtes si politiquement corrects que vous me désespérez. Vous ne faites jamais, je dis bien *jamais*, un truc interdit ?

Que répondre à ça ? J'esquisse un sourire niais, celui que je voudrais pourtant éviter.

Les mains tremblantes, Ruth prend un énorme briquet de table et allume sa cigarette avec une flamme si haute que j'ai peur que sa longue frange ne prenne feu.

– Oh, mais il fait froid tout à coup ! C'est quoi, cette énergie que vous traînez avec vous ? Thomas, je t'avais pourtant dit que tu ne devais, sous aucun prétexte, ouvrir à nouveau la porte. À moins que tu n'aies envie de refaire un tour à l'hôpital de Bispebjerg ? lance-t-elle avant de tirer sur sa cigarette.

Le bout devient tout rouge et elle est prise d'une quinte de toux qui l'oblige à attraper un inhalateur dans la corbeille orange.

– Ah, ce foutu asthme !

Thomas, qui a l'habitude, lui tapote le dos.

– Tiens, t'es un amour, passe-moi ma couverture en laine jaune, il fait vraiment trop froid ici, ajoute-t-elle entre deux accès de toux.

Elle a raison, il ne fait pas chaud. Je grelotte dans mon grand sweat-shirt, tandis que Thomas enveloppe tendrement la petite femme frêle dans une couverture de laine.

– Merci, mon petit, dit-elle en lui caressant la main.

Nouvelle quinte de toux. Thomas s'assoit à côté d'elle, lui retire la cigarette de la main et l'écrase dans le cendrier sur la table. Sans un mot.

Et on se retrouve avec ce bout de femme frigorifiée entre nous.

– Alors c'est qui, l'esprit que vous avez amené ici ?

Thomas parle rapidement de la petite fille qu'il a vue à côté de moi et explique qu'il la croyait réelle, tant elle dégageait d'énergie.

– Elle rayonnait, Thomas ?

– Oui, c'était fou.

« Rayonnait » ? Ce mot me fait penser à *Shining*, le pire film d'horreur que j'aie jamais vu.

Thomas nous regarde et précise :

– Je suis désolé d'avoir mêlé Loulou à tout ça. Si j'avais su que la petite fille était… je me serais bien gardé de dire quoi que ce soit. Mais, Ruth, sa présence était incroyable, elle était tellement vivante.

Ruth se contente de hocher la tête.

– Je connais ça. Une présence aussi forte, c'est plus fréquent qu'on croit. Tu n'y pouvais rien.

Elle jette un regard soucieux sur Thomas, serre sa main et chuchote :

– Fais attention à toi, mon garçon.

Puis elle se tourne vers moi.

– C'est un esprit tourmenteur. C'est toi qui l'as amené ici. Est-ce que tu sens sa présence ?

– Non, seulement la nuit. Sinon, jamais.

– Et toi, Thomas ? Tu la sens maintenant ? lui demande-t-elle, inquiète.

Il fait signe que oui.

Elle ferme très fort les yeux, prend aussi ma main et la tient fermement, et elle se balance d'avant en arrière, en émettant de drôles de sons.

J'essaie de capter le regard de Thomas, mais impossible. J'avoue que je ne raffole pas de ce genre d'expérience. Finalement je crois même que j'aurais préféré avoir deux heures d'allemand. Avec un cours de physique après...

Non, c'est vrai. C'est quoi, ce cirque ? J'ai du mal à prendre ça au sérieux. J'ai déjà fait du spiritisme pour rigoler. Je suis toujours celle qui gâche tout quand on essaie de faire tourner les tables. Je n'arrive pas à me concentrer et je ne peux pas m'empêcher de glousser. Je sais que c'est bête de ma part. Au moment où elle sent que je vais craquer, Ruth me souffle :

– Chuuuut !

Et, même si ça me donne encore plus envie de rire, je parviens à me contrôler. Mais c'est peut-être aussi parce que je me sens de plus en plus mal à l'aise. Ruth prend soudain une voix d'homme :

– Qui es-tu ? Que veux-tu à ces jeunes ? Pourquoi ne cherches-tu pas la lumière, petite fille ? Que veux-tu, au juste ?

Bizarre, elle a dit ces mots en suédois. Je n'aime pas quand elle parle avec cette voix grave. J'essaie de dégager ma main, mais elle la tient trop fort.

– Va vers la lumière, mon enfant !

Je remarque qu'elle utilise toutes ses faibles forces, mobilise chacun des muscles de son petit corps. Elle va bientôt avoir une crampe si elle continue. Les yeux révulsés, elle rejette la tête en arrière, et j'ai peur qu'elle ne la tourne à 180°, comme dans *L'exorciste.* J'étais trop petite quand mon père m'a laissée voir ce film. Ça m'a traumatisée. Peut-être que Ruth est habitée par des esprits malins, comme la fille du film ? Elle aussi parlait comme un homme. Mais elle n'était pas habitée par son ex-mari suédois, si c'est bien lui qui a envahi le corps de Ruth.

– Qu'est-ce que tu veux, petite fille ? Allez, dis-le… !

Il ne se passe rien.

Des sons étranges de déglutition s'échappent de la bouche de Ruth, elle secoue un peu la tête et retombe dans le canapé. Son corps se détend enfin, mais elle continue à serrer ma main si fort que je ne la sens presque plus.

Je regarde Thomas, il hausse les épaules et me fait un vague sourire.

– Thomas, donne-moi une cigarette ! ordonne soudain Ruth avec sa voix normale, en danois et sans le moindre accent suédois.

Thomas prend une cigarette dans le paquet et l'allume avec le gigantesque briquet de table. On voit qu'il a l'habitude. Il tire sur la cigarette et je constate qu'il inhale la fumée. Puis il la glisse entre les lèvres fines et gercées de Ruth.

Elle tire goulûment dessus et libère enfin ma main.

J'ai un peu mal, mais je suis soulagée qu'elle m'ait lâchée et qu'elle soit redevenue normale, si tant est qu'elle l'ait jamais été.

– Qu'est-ce que tu as vu ? demande Thomas. Elle a dit quelque chose ?

Ruth fait non de la tête.

– Je n'ai pas pu établir de contact. Elle s'est fermée devant moi, Thomas. J'ai vraiment essayé d'entrer, mais il n'y avait rien à faire.

Elle se touche les tempes.

– C'était éprouvant, je suis bonne pour une migraine de quatre jours, maintenant. Thomas, passe-moi mes pilules contre le mal de tête, s'il te plaît.

Thomas saisit deux boîtes de médicaments, prend deux comprimés dans chacune et les tend à Ruth, qui a l'air épuisée.

– Et donne-moi aussi quelque chose pour les avaler.

Il lui tend sa tasse de thé, mais elle est vide.

– Plutôt ça ! s'écrie-t-elle en lui montrant la bouteille de bière entamée.

– Tu ne veux pas que j'aille te chercher un verre d'eau ? propose Thomas.

– Non, pas la peine.

Thomas lui tend la bouteille. Elle fourre les quatre comprimés dans sa bouche en même temps et les avale avec une bonne rasade de bière. Puis elle fait un petit rot et on dirait qu'elle redevient elle-même.

– Écoutez, les jeunes. C'est votre mission. Moi, je n'arrive pas à entrer en contact avec elle. Je perçois juste qu'elle est ce qu'on appelle un esprit tourmenteur, Loulou. C'est toi qu'elle tourmente et c'est Thomas qui est capable de la voir.

– Oui, mais pourquoi moi ? dis-je, désorientée.

– Sans doute parce que son énergie s'est installée chez toi, dans ta chambre. Il a dû se passer quelque chose à cet endroit-là qui fait que l'esprit de cette petite fille ne peut pas s'en aller. Et, de ton côté, tu as certainement laissé une petite brèche. Ça arrive aux enfants de votre âge – euh… pardon : aux jeunes gens. Vous êtes si ouverts… Si vous saviez le nombre de voyants potentiels qu'il y a dans la jeunesse danoise. Il suffit de regarder Thomas, ajoute-t-elle en faisant des mouvements d'ailes avec ses mains fines.

Moi, j'ai peur que la cendre de sa cigarette ne tombe sur sa jupe en acrylique.

– Oui, mais pourquoi… ? je répète.

– Toi, tu n'as pas le pouvoir de la comprendre, m'interrompt-elle, mais elle s'est collée à toi, dans l'espoir que peut-être tu rencontrerais quelqu'un qui la verrait. Oui, elle a eu de la chance que tu te retrouves derrière Thomas à la cantine. Parce que lui a ce don de voyance.

Je regarde Thomas, qui acquiesce.

– Et maintenant, Ruth, on fait quoi ?

Elle marque un temps d'hésitation, en le dévisageant avec tendresse.

– Elle veut quelque chose et elle ne partira pas avant d'avoir obtenu satisfaction. Je crois que tu vas être obligé d'ouvrir en grand, mon garçon, pour la laisser entrer. Moi, je ne peux pas la faire se diriger vers la lumière avant ça…

– Mais qu'est-ce qu'elle veut ? je demande avec impatience.

– Vous finirez par le découvrir. Mon conseil, c'est d'aller à « l'endroit », autrement dit dans ta chambre, Loulou, là où l'énergie qu'elle dégage doit être la plus forte… Et là, Thomas, tu la laisseras entrer.

Elle le scrute, l'air soucieux.

– Et, après, tu fermeras pour de bon !

– La dernière fois, tu m'avais dit la même chose, Ruth.

– Oui, mais cette fois je le pense !

Thomas hoche la tête, et je le vois se tasser un peu.

– OK, chuchote-t-il.

– Ça va aller, mon garçon. Tu n'as qu'à m'appeler ou venir ici si tu as besoin d'aide, l'encourage-t-elle en lui saisissant la main et en le regardant droit dans les yeux.

– Oui, répond-il doucement, mais il a l'air très inquiet.

– Veille à tenir à distance les autres esprits quand tu ouvriras la porte. Et surtout ne leur parle pas à haute voix, sinon on va te coffrer illico.

Il fait signe qu'il a compris le message et murmure d'une voix rauque :

– Merci, j'ai retenu la leçon !

Il est devenu blême.

– J'aurais préféré que tu n'aies pas à revivre ça, Thomas, mais je ne vois pas d'autre solution. C'est un esprit très fort qui a besoin de trouver la paix. Vous allez comprendre ce qu'elle veut et faire en sorte de la conduire vers la lumière.

Vers la lumière ? Ça commence à bien faire, j'ai juste envie de sortir de cet appartement. Là, tout de suite !

– Bon, dit Thomas. On va tout faire pour.

Il me jette un regard en coin. Ses yeux sont brillants. Je ne sais toujours pas si je dois me concentrer sur l'œil bleu ou sur le vert. Tous les deux ont soudain un éclat particulier, mais ce n'est pas de la joie qu'ils expriment, non, c'est de l'angoisse. Une pure angoisse.

11

Nous attendons le bus. Je suis secouée. Toute chamboulée. Ah, si je pouvais oublier cette histoire ! Thomas est complètement différent. Lui qui était d'humeur si joyeuse en arrivant, il garde maintenant le silence et fait une tête d'enterrement.

Je ne sais que dire. Je me repasse la scène dans la tête. Elle est trop bizarre, cette Ruth. Et, à part le fait qu'elle parle couramment suédois sans accent – et avec une voix d'homme –, je ne vois pas ce qu'elle nous a prouvé. Pourquoi je croirais qu'elle est passée « de l'autre côté » ?

Il y a un vent terrible et j'ai froid. Thomas et moi n'avons pas échangé un mot depuis que nous avons quitté l'appartement de Ruth.

Le bus doit arriver dans huit minutes, alors on l'attend sur le banc. Chacun à un bout – et je ne peux pas m'empêcher de penser qu'il y a juste la place pour une petite fille entre nous.

Il pleuviote, tout est triste et gris. J'ai l'impression que cette grisaille pénètre au plus profond de moi. Thomas n'a pas l'air d'en mener large non plus.

C'est fou comme huit minutes peuvent paraître longues !

Mon portable vibre dans la poche de mon pantalon. J'ai reçu un SMS. C'est Stella.

« Pourquoi t'es pas en cours ? T'es malade ? »

J'aurais préféré ça ! Oui, une grippe carabinée avec de la fièvre qui m'aurait donné des hallucinations. Malheureusement, je sais que c'est la réalité. Et là, Thomas et moi, on est à un arrêt de bus où on se gèle. Si je pouvais dire à Stella comme j'aurais aimé me passer de cette visite. Mais je ne me vois pas lui en parler. Ni à personne d'autre, d'ailleurs.

Je lui réponds ou pas ? Un coup d'œil au profil sombre et inquiet de Thomas achève de me convaincre de remettre le portable dans ma poche.

– Tu as peur ? me demande-t-il sans se tourner vers moi.

Je fais oui de la tête, mais il ne peut pas le voir.

– Pourquoi elle s'est mise à parler suédois ?

– Elle fait ça quand elle entre en transe.

– Et pourquoi elle prend cette voix d'homme ?

Il hausse les épaules.

– C'est comme ça, c'est tout.

– T'as confiance en elle ? Parce qu'elle est quand même très bizarre, Thomas !

Il se lève et me regarde.

– Elle est peut-être bizarre, Loulou, mais j'ai toute confiance en elle. Si tu savais ce que j'ai vécu !

Encore heureux que je ne le sache pas. Je n'en ai aucune envie. J'en ai assez entendu. Je voudrais plutôt qu'on me dise comment me sortir de tout ça. Si c'est encore possible.

Il faut croire qu'il lit dans mes pensées.

– On n'est pas obligés de continuer, tu sais, Loulou. Tu peux essayer d'empêcher cette fille d'entrer. Peut-être en dormant dans une autre chambre.

– Tu crois que ça la fera disparaître, Thomas ?

Il ne répond pas. Il fixe la rue Galdsaxevej, grise et ennuyeuse.

– Le bus arrive, Loulou.

Il fait poinçonner deux tickets sur son carnet. C'est un bus à deux étages. On monte et on s'assoit tout devant.

Il me prend la main et dit :

– Tu veux qu'on laisse tomber ?

Je trouve qu'il exagère de me prendre la main, même si je sais que je ne dois pas me méprendre sur ce geste. Il n'y a rien de tendre dans son attitude. Et la situation n'est absolument pas romantique.

– Oui, je crois qu'on va abandonner, j'avoue en retirant ma main.

– D'accord, je te comprends.

Après, on ne se dit plus rien de tout le trajet. Il me raccompagne jusqu'à ma porte.

– Eh bien, au revoir, lance-t-il, un peu gêné.

Je hoche la tête.

– À un de ces quatre, je réponds en mettant la clé dans la serrure.

Je tiens la porte quelques secondes de plus que d'habitude pour *la* laisser passer.

Est-ce à moi ou à *elle* que s'adresse le sourire embarrassé de Thomas ?

– Oui, à un de ces quatre…

12

Ma mère est à la maison, elle a obtenu de travailler à domicile une ou deux fois par semaine. C'est assez énervant quand on a besoin d'être seule. Comme maintenant, par exemple. Et, pour couronner le tout, Julia est là aussi ! Elle ne va pas au centre de loisirs le mardi et le jeudi, car elle a son entraînement de foot. Alors elle rentre d'abord à la maison pour faire tous ses devoirs, cette fayote.

De l'entrée, je les aperçois, assises à la grande table du salon. Je leur dis bonjour, un peu agacée.

Ma mère lève les yeux de l'ordinateur et Julia, de son livre de maths. À la façon dont ma mère me fixe, je sais qu'il y a un truc qui ne va pas.

– Qu'est-ce qu'il y a ? dis-je en retirant ma botte droite tout en essayant de garder l'équilibre – et un semblant de dignité.

Elle soupire :

– Loulou, tu n'as pas séché les cours, j'espère ?

Je prends une profonde inspiration, me débarrasse de ma veste et l'accroche au porte-manteau, qui croule déjà sous les vêtements.

– Bien sûr que non ! dis-je d'une voix qui tremble un peu.

S'il y a bien une chose que ma mère m'interdit, c'est de sécher.

– Julia affirme qu'elle ne t'a pas vue à l'école aujourd'hui, reprend ma mère. Ni à la cantine.

Quand je me retourne, elle me regarde droit dans les yeux. Imitée par ma petite sœur, cette traîtresse. Ma mère a remonté ses lunettes sur le front, ce qui fait rebiquer sa frange et lui donne un air débile. Mais qu'est-ce qu'elle a ?

– Je suis restée manger dans la salle de classe, je rétorque en fusillant Julia du regard.

– Mais aux autres récrés ? insiste ma sœur. Je ne t'ai pas vue non plus, et Stella m'a demandé si tu étais malade.

– Stella ! je m'exclame en marquant une pause pour trouver une explication plausible. Elle exagère ! On travaillait en groupes aujourd'hui, c'est pour ça qu'on n'était pas ensemble. Et, puisque vous tenez à tout savoir, on a joué aux cartes pendant les récrés. Une autre question ?

Sur ce, je fonce dans la cuisine et ouvre, assez énervée, le réfrigérateur. Je meurs de faim, je n'ai presque rien avalé de la journée.

Ma mère murmure un vague « Excuse-moi », remet ses lunettes et se replonge dans son travail. Elle a trop à faire pour creuser davantage le sujet. Je sens les yeux de Julia sur ma nuque, mais je fais comme si de rien n'était.

– C'est toi qui as fini le pot de chocolat à tartiner, Julia ?

– Maman a dit que je pouvais, rétorque-t-elle en mordant dans une de ses *trois* tartines de pain bio avec plein de chocolat dessus.

Elle fait exprès de m'agacer ! Mais je décide de la jouer profil bas, ce n'est pas le moment de faire une scène. Julia sait parfaitement qu'elle a l'avantage et elle en profite. Au moment où je m'éloigne avec des sandwiches de pain de seigle garnis de pâté de foie et d'une tranche de betterave, elle me crie :

– Tu pues la cigarette, Loulou !

Je préfère ne pas répondre et ferme bien la porte de ma chambre derrière moi. Je ne la claque pas, mais disons que je la referme avec plus de force que nécessaire. Enfin seule. Je me jette sur mon lit défait et j'enfonce mon visage dans l'oreiller. J'ai envie de hurler.

Qu'est-ce qui s'est passé chez Ruth ?

C'était un truc de malade. Oui, de malade !

J'en ai assez de ces histoires. Je ne crois pas à la parapsychologie, aux esprits, à la transe et aux âmes mortes. C'est n'importe quoi ! Déjà que Thomas n'est pas tout à fait normal... Ce n'est quand même pas un hasard s'il est en section P. D'ailleurs, il a déjà été interné plusieurs fois. C'est un fait, à quoi bon se voiler la face ? Même s'il paraît sensé et a les yeux les plus fascinants qui soient...

Je mords dans un sandwich, sans appétit. En plus, je sens le tabac ! C'est comme si l'odeur des cigarettes menthol de Ruth s'était glissée sous ma peau. Ce n'est pas seulement mes vêtements et mes cheveux qui en sont imprégnés, mais toute ma personne. Je suis une bombe de nicotine ambulante !

Je vais dans la salle de bains pour me laver et me débarrasser de cette odeur de Ruth. Je me savonne à fond et me lave trois fois les cheveux. Malheureusement, ma mère a ajouté un produit qui pue dans le shampoing, dans l'espoir de nous empêcher d'attraper des poux. Mission impossible : les poux ne seront certainement pas éradiqués au XXIe siècle. Ce n'est quand même pas sorcier à comprendre !

Je me sèche les cheveux pendant au moins vingt minutes, en essayant de ne pas penser au réchauffement climatique, jusqu'à ce que ma mère frappe à la porte.

– N'oublie pas l'environnement, mon trésor !

Puis je lance une machine à laver en pestant parce que ma mère, toujours pour des raisons écologiques, a supprimé l'adoucissant qui sentait si bon.

Lavée des pieds à la tête et habillée de vêtements propres, je vais rejoindre les autres dans le salon. D'abord, je prépare une théière de thé à la fraise, puis je m'assois à la grande table pour réviser ma physique, puisqu'on nous a annoncé un contrôle. Je lis sur le tableau périodique les éléments de base, les électrons, les protons, et je n'y comprends rien du tout.

– Loulou, il y a quelque chose qui ne va pas ? demande soudain ma mère en me jetant un regard interrogateur par-dessus son ordinateur portable. Quelque chose qui te rend triste ?

– Non, pourquoi ? dis-je en souriant. Je te ressers du thé ?

Elle fait signe que oui et me tend sa tasse verte Ikea.

– Comme on est bien, toutes les trois ensemble, chacune occupée de son côté, déclare-t-elle, l'air vraiment heureuse.

Je me force à lui sourire et me replonge dans ma physique. C'est curieux qu'un truc important, basé sur des faits scientifiques mesurables, puisse être aussi ennuyeux. Enfin, c'est du moins ce qu'il me semble. Ça me déprime tellement quand notre prof de physique affirme que tout est constitué de minuscules atomes, de molécules et de fractales – ou un nom comme ça. L'univers ne peut quand même pas se résumer à ça ? Et la philosophie alors ? Les pensées ? L'amour ? Et elles viennent d'où, ces molécules et ces fractales ?

Eh, stop !

Je vais plutôt faire du rangement dans ma chambre. J'essuie la poussière, je passe l'aspirateur, je change mes draps, fais le tri parmi les vêtements empilés sur le fauteuil de ma grand-mère et les range à leur place dans l'armoire. Je nettoie aussi la cage de Welly tout en essayant de lui apprendre autre chose que des gros mots en italien.

– *Carpe diem*, je lui répète au moins une centaine de fois.

Je tente souvent d'enrichir son vocabulaire, mais jusqu'ici ça n'a rien donné. L'espoir fait vivre…

Quand mon père et Julia rentrent de l'entraînement de foot le soir, je reste avec eux dans le canapé à regarder je ne sais quel match de la Ligue des Champions. C'est le genre de choses qui fait plaisir à mon père. Il est assis entre nous deux, une main posée sur l'épaule de chacune de ses filles. Ma mère s'affaire dans la cuisine en sifflotant, et prépare la pâte des petits pains bio que nous emporterons demain à l'école. C'est une certaine image de la famille idéale.

Le match m'ennuie au point que je sens mes yeux se fermer. Je ne cherche pas à lutter contre la fatigue. Néanmoins, une fois au lit, le sommeil ne vient pas. Évidemment. Ce que j'ai vécu chez Ruth remonte à la surface et frappe à la porte, mais je refuse d'ouvrir.

Alors je décide de lire jusqu'à ce que le livre me tombe des mains et que je bascule dans une torpeur apaisée. Au revoir R. L. Stine, Anne Rice et Bram Stoker, et bienvenue à Astrid Lindgren !

Je suis donc au lit avec une édition originale de Fifi Brindacier que ma grand-mère m'a donnée quand j'étais toute petite. Et tu peux sourire, mais je t'assure que ce n'est pas mal du tout. C'est même étonnant ce qu'on peut y découvrir quand on est plus « âgé ». J'ai l'impression de rire jusqu'au moment où je m'endors. Tout est drôle, bizarre, mais innocent et inoffensif. Pour la première fois depuis longtemps, je dors d'un sommeil paisible.

Welly, lui, commence à s'agiter dans sa cage, à battre des ailes comme un fou et à m'envoyer des graines en pleine figure.

– *Ciao bella, ciao bella*, répète-t-il de sa voix métallique.

Ma couette est par terre, j'ai froid, tout recommence comme avant. En pire. C'est pire, car maintenant ma lampe à lave se met à clignoter au rythme des cris de

Welly. Je me relève et j'essaie de rassurer ma perruche qui tremble au fond de sa cage au milieu des graines et des plumes qui ont volé partout.

– Du calme, Welly, du calme !

J'ai soudain l'impression que quelqu'un se tient dans l'embrasure de la porte et me regarde. Je prends mon courage à deux mains, me retourne et crie :

– Eh bien, approche, viens dans la lumière, petite fille !

Et, pour être plus convaincante, je lui lance en suédois avec une voix grave :

– Viens donc dans la lumière, fillette !

Tout à coup, le plafonnier s'allume et j'entends une voix pâteuse :

– Qu'est-ce qui se passe, Loulou ?

C'est mon père. Et à côté de lui se tient ma mère, l'air inquiète.

– Mais qu'est-ce qu'il y a, Loulou ? répète-t-elle.

Je plisse les yeux.

– C'est *elle.* Elle est revenue ! je m'écrie.

– Loulou, voyons, ce n'est qu'un cauchemar.

Ma mère me prend par les épaules. Welly ne bouge pas. Ma lampe ne clignote plus.

– Welly n'arrêtait pas de lui crier « *Ciao bella* », vous n'avez pas entendu ?

Je sais que ça paraît absurde, il suffit de voir le regard que mes parents échangent.

Mon père prend la parole :

– Oh, non, ça ne va pas recommencer. Moi, je me recouche. J'ai eu une longue journée. Je te laisse régler ça, d'accord ?

Ma mère hoche la tête.

J'entends mon père marmonner en s'éloignant :

– C'est pire que d'avoir un nouveau-né.

Et il referme la porte de leur chambre.

– Loulou, est-ce que tu veux me dire quelque chose ? Tu as des problèmes à l'école ? Tu t'es disputée avec quelqu'un ? Ou tu es amoureuse… et ça te perturbe ?

Et enfin elle finit par dire :

– Ou est-ce que tu… te drogues ?

Je soupire, ça commence à bien faire. Elle me prend pour qui ?

– Non, maman, c'était seulement un cauchemar. Je peux dormir dans votre lit, rien que ce soir ?

Elle accepte et je me retrouve entre mes parents, comme une idiote. J'ai vraiment passé l'âge de jouer au bébé. Mon père ronfle et ma mère n'arrête pas de me chuchoter d'aller voir la psychologue de l'école. Il y a beaucoup de choses qui changent à mon âge, sur le plan mental aussi, et on peut avoir besoin de l'aide d'un professionnel, si la vie devient trop compliquée.

Je déteste quand elle me parle comme ça.

Alors je lui répète que j'ai seulement fait un cauchemar et lui demande de me laisser dormir.

Elle me prend la main et, même si j'ai un peu honte de l'avouer, je m'endors comme ça. Main dans la main avec ma mère.

Oh là là…

13

À l'école, j'essaie d'éviter Thomas. Je crois qu'il comprend que je ne suis pas dans mon assiette, alors il ne fait rien pour m'approcher.

Rien que de repenser à notre visite chez Ruth, je me sens mal. J'ai pris ma décision : je ne jouerai plus aux apprentis sorciers. C'est tout bonnement au-dessus de mes forces.

Mais cela ne m'empêche pas de chercher Thomas du regard. C'est étrange, ce besoin de savoir où il est. Toutefois, dès que je l'aperçois, je détourne les yeux. Je veux à la fois le voir et ne pas le voir.

Ça n'a pas l'air d'aller fort pour lui non plus. Il marche d'un pas lent, les yeux baissés. Le modèle même de l'attardé de section P.

Je fais le maximum pour que les heures défilent le plus vite possible.

Je vais me coucher de bonne heure et lis de nouveau Astrid Lindgren. D'ailleurs, Fifi Brindacier est aussi une fille assez solitaire, tout bien considéré.

J'aime bien le chapitre où elle explique à Tommy et Annika comment ne pas grandir : il suffit de prendre un comprimé de « Filirikus » en disant :

« Filirikus, petit Filir,

Je ne veux pas grandir ! »

Ça s'achète en pharmacie, les comprimés de « Filirikus » ?

Malgré tout, je n'arrête pas de penser à Thomas. C'est comme si je n'arrivais pas à le lâcher. J'ai à peine la force de parler avec ma famille, alors, quand ma mère entre dans ma chambre pour me dire bonsoir, je fais semblant d'être déjà endormie.

J'aimerais tellement passer une nuit complète dans mon lit. Je ne demande pas grand-chose, juste une nuit de sommeil normale, pour me convaincre que cette fille n'existe que dans mon imagination. Mais, lorsque l'obscurité et le silence envahissent l'appartement, l'angoisse revient sourdement.

Je n'ose pas éteindre la lampe à lave. Je me retourne dans tous les sens en essayant de faire le vide dans ma tête. En vain.

À minuit, je commence à trembler de tout mon corps et je sens un poids qui m'oppresse la poitrine. J'ai du mal à respirer. Si seulement je croyais en Dieu, je pourrais faire une prière, mais ce n'est pas le cas. Enfin, pas vraiment. Alors, je n'attends aucun secours de ce côté-là. Je prends quelques profondes inspirations tout en récitant :

– « C'est finalement au plus fort de l'hiver que j'ai compris qu'il existait en moi un invincible printemps. »

Je répète cette phrase au moins quinze fois, sans aucun effet.

Et c'était quoi, ça, tout de suite ? Quelque chose ou quelqu'un m'a caressé la joue. Je grelotte, me cramponne à ma couette. J'ai cru voir bouger le rideau...

– Y a quelqu'un ? je chuchote.

Welly s'agite et bat des ailes. C'est la seule réponse que j'obtiens. Tout est silencieux, pourtant je sens qu'il y a quelqu'un dans la chambre. Autant l'admettre : je ne pourrai pas m'endormir. Pas ici, en tout cas.

Je me glisse dans la chambre de Julia. Elle ronfle un peu. Je m'allonge le plus discrètement possible contre elle, tête-bêche. Ils sont d'ailleurs plutôt mignons, ses pieds, encore petits et potelés. Elle murmure un truc incompréhensible.

Je crois d'abord qu'elle parle dans son sommeil, mais soudain elle se redresse dans son lit et chuchote :

– Loulou, ça va ?

– Oui, c'est juste que je n'arrive pas à dormir.

– Pourquoi tu as peur tout le temps ?

– Non, je n'ai pas peur. Pourquoi tu dis ça ?

– Mais… parce que c'est vrai !

– Non, allez, rendors-toi !

Il y a un moment de silence avant qu'elle poursuive :

– Qu'est-ce qu'il y a entre toi et ce Thomas ?

– Rien, Julia. Rendors-toi !

– Il est très beau, je trouve. Tu es amoureuse de lui ?

– Voyons, Julia ! Tu sais bien dans quelle section il est !

– Oui, mais vous avez séché les cours ensemble…

– J'ai pas séché les cours, Julia !

– Sur une échelle de 1 à 10, tu évalues à combien ma bêtise ?

– 10 ! je réplique en lui chatouillant les pieds.

Elle rit et ramène ses jambes sous elle, en me donnant au passage un coup dans le ventre.

– Aïe !

– Loulou, pourquoi il y a un tel bazar dans ta chambre, la nuit ?

– Qu'est-ce que tu veux dire ?

– Je ne sais pas, répond-elle. Loulou… ?

– Oui, quoi ?

– Je sais que je te tape parfois sur les nerfs, mais… *ti amo*… Je veux juste que tu le saches.

Ça me touche profondément.

– Arrête, Julia ! Moi aussi, je t'aime.

Le silence retombe et je crois qu'elle s'est rendormie.
– Loulou… Tu as l'intention de rester ici toute la nuit ?
– Oui, si tu veux bien.
– Pourquoi ?
– Je crois que tu sais pourquoi. Alors, je peux ou pas ?
– D'accord, mais ça te coûtera une pièce de dix.
– Hein ? Mais pourquoi ?
– Pour que je tienne ma langue…
– Toi alors, tu ne perds pas le nord…
– Hmm…

Elle se rallonge et s'endort peu après. Elle fait de drôles de bruits, mais je suis contente d'avoir ses pieds dodus contre mes joues et de l'écouter respirer. Elle claque un peu la langue quand elle dort, et moi, ça m'apaise.

Soudain elle chuchote :
– Je sais ce qui te fait peur !
– Qu'est-ce que tu veux dire ?

Elle s'est déjà rendormie.

14

Les nuits suivantes, je me faufile dans la chambre de Julia.

Mais je dors mal tête-bêche et en plus, au rythme de dix couronnes chaque fois, je ne vais pas tarder à être ruinée. Alors, au bout de trois nuits, je décide de retourner dans mon lit à moi.

Je me sens plus forte à présent et je n'ai pas l'intention de laisser une étrange petite fille troubler mon sommeil et chambouler mes pensées. Je me concentre donc sur des problèmes de triangles rectangles et de systèmes de coordonnées, car, je te le promets, ça marche mieux que les somnifères. Je m'endors avant dix heures, je crois, pour une nuit entière sans interruption !

Enfin !

Le lendemain, je passe encore une nuit tranquille dans ma chambre. *Yes* ! J'ai réussi à guérir toute seule. Je suis si soulagée et heureuse que, le matin, je chante à tue-tête et demande même à Julia si elle a bien réussi ses tests de Cooper récemment…

Mon père m'explique que le test de Cooper – l'un des plus utilisés pour tester sa condition physique – a été inventé à la fin des années 1960 par un militaire américain, docteur en médecine, Kenneth H. Cooper. Bon, j'ai au moins appris ça.

– Ce test de terrain consiste tout simplement à parcourir la plus grande distance possible en douze minutes chrono, m'explique mon père, enthousiaste.

Il est si content que je m'intéresse aux performances de Julia qu'il semble être redevenu un gamin qui déborde d'énergie.

Du coup, je ne sais pas ce qui me prend, mais je lui parie que je peux courir trois kilomètres en test de Cooper, le soir même.

Mon père rectifie avec un sourire un peu condescendant :

– Un kilomètre deux cents, maxi.

Il va voir de quoi je suis capable !

À l'école, tout va bien. Thomas et moi, on ne s'est pas adressé la parole depuis la visite chez Ruth, même si on se cherche toujours des yeux à la cantine. Quand je suis là-bas, je ne pense à rien d'autre qu'à lui et je le regarde du coin de l'œil. J'aimerais bien lui parler, contempler ses yeux fascinants, sa main qu'il passe dans ses cheveux bruns. Mais, chaque fois que nos regards se croisent une fraction de seconde, je détourne le mien. C'est plus fort que moi. Ah, si c'était un garçon « normal », alors peut-être…

J'ai toujours des frissons dans le dos quand je repense à cette femme qui est entrée en transe. Je vais m'en sortir sans ses trucs louches ni les histoires de revenants de Thomas. J'ai envie d'être une adolescente comme les autres, point barre. Sans esprit tourmenteur qu'il faut « conduire vers la lumière » ! Si seulement Thomas pouvait basculer de mon côté…

Stella me chuchote à l'oreille :

– Tu le cherches, ma parole !

– Pas du tout !

Elle pique sa fourchette dans des boulettes au curry qui sortent du micro-ondes d'Angela. J'ai beau nier, elle me sourit d'un air entendu.

– Il a quelque chose, c'est indéniable, il est… craquant dans son genre. Qu'est-ce qu'il a aux yeux ?

– Arrête, Stella ! Il t'intéresse, ou quoi ?

– C'est à moi que tu le demandes ? Tu t'es regardée ?

Je ne réponds pas.

– T'es raide dingue de lui, Loulou !

– Tu ne comprends rien, Stella ! Rien du tout !

Elle sourit, me fait un clin d'œil avant de mordre dans une énorme boulette au curry.

– Bon, si tu le dis…

Pendant le cours de maths, Hassan se tourne vers moi et me sourit. Il ne dit rien, il me sourit, c'est tout. Je me demande ce qui lui prend, mais Stella me donne un coup de coude dans les côtes, soulève les sourcils, et forme un « Waouh ! » silencieux avec les lèvres. Je fais comme si cela m'était égal, alors que c'est évidemment flatteur de recevoir une marque d'intérêt du beau gosse de la classe, champion de boxe junior en plus.

Stella chuchote :

– Ça roule pour toi…

Oui, on peut dire ça comme ça.

Je me réjouis de passer le test de Cooper ce soir. L'exercice physique, c'est bon pour le moral, dit-on. Ça fait sécréter des endorphines, à en croire ma mère, qui pourtant ne consacre pas beaucoup de temps à réveiller les siennes…

Ils vont voir de quoi je suis capable !

Je cours avec mes vieilles Converse, parce que je n'ai pas de vraies chaussures de sport. Finalement, c'est assez confortable. Je cours dans un stade, la piste idéale pour un quatre cents mètres. Mon père est au centre, sur la pelouse, avec son chrono et son maillot rouge et noir du Milan AC. Il y a marqué « Ronaldinho » dans son dos. On dirait un gosse !

Il est assez impressionné par mes premiers quatre cents mètres : je fonce comme une flèche. Il regarde son chrono et hoche la tête, satisfait, quand je passe devant lui. Je me sens telle une gazelle dans la savane africaine… je m'envole !

Jusqu'à ce que je sois à mi-chemin de mon deuxième tour de piste… Une douleur terrible m'élance à gauche, entre les côtes. Un point de côté ! Oh, non. Ça me fait un mal de chien. Je lutte, je ne veux pas perdre la face, mais je tire la langue quand je repasse devant mon père, j'ai l'impression que ma rate va exploser. Et il n'y aura pas de troisième tour de piste, car je m'effondre tout de suite après. Je jette l'éponge, comme on dit sur le ring. Je n'ai même pas tenu un kilomètre ! Zut ! Je déteste perdre. Et devant mon père, en plus !

Bon, ce pari, c'était uniquement pour rigoler. Encore que… En plus, c'est bien de laisser son père gagner. Surtout quand c'est un macho avec du sang italien dans les veines.

Zut et zut.

Pourtant, je me sens bien. J'ai déjà dormi deux nuits d'affilée dans mon lit, c'est inespéré. Et peut-être ai-jc réussi à activer quelques endorphines.

Ah, je suis fourbue.

Malheureusement, la nuit qui vient va faire mentir le proverbe : « Jamais deux sans trois »…

15

Je lis un peu Astrid Lindgren, mais il faut avouer que j'ai quand même passé l'âge. Je crois que je m'endors au beau milieu de *Vic le victorieux*.

Je me réveille en sursaut à cause d'un bruit infernal. La lampe à lave clignote, Welly volette partout dans ma chambre en piaillant : « *Ciao bella, ciao bella.* » J'ai une de ces trouilles.

Qui a ouvert la porte de sa cage ? Je me souviens parfaitement de l'avoir refermée hier soir, après l'avoir nettoyée. Je suis toujours très vigilante, car j'ai peur qu'il ne s'envole, comme l'a fait notre précédente perruche. Même si Julia est farceuse, jamais elle ne ferait une chose pareille.

Est-ce que c'est *elle* ? Est-ce qu'elle est revenue ?

Il fait un froid de canard dans la chambre. Ma couette est par terre, naturellement. Il fait encore plus froid que d'habitude. Je vois mon propre souffle quand je respire. Et je m'aperçois que la fenêtre est grande ouverte ! Les rideaux flottent au vent et j'entends qu'il pleut à verse dehors. Il y a même de l'orage, le tonnerre gronde. À la faveur d'un éclair, j'aperçois, comme dans un film au ralenti, Welly qui vole vers la fenêtre ouverte. Pendant quelques secondes, je suis comme tétanisée. Est-ce que je rêve ou est-ce la réalité ? Le temps de reprendre mes esprits, Welly a atteint la fenêtre. Je sors de ma torpeur et crie :

– Wellyyyy… !

Trop tard. Il s'est échappé ! Je me penche à la fenêtre, au-dessus de l'avenue Frederiksberg, en sanglotant. Tout est sombre, mouillé, désert. Je crie dans le vide :

– Welly, Welly, reviens !

C'est alors que je les aperçois derrière moi : mes parents et ma sœur, inquiets, qui se demandent ce qui se passe. Pour eux, il n'y a pas l'ombre d'un doute que j'ai mal fermé la porte de la cage. La lampe à lave doit bientôt s'éteindre et c'est pour ça qu'elle clignote, et c'est l'orage et le vent qui ont ouvert ma fenêtre. Bien sûr…

Pour couronner le tout, Welly est parti. Il va se faire dévorer tout cru dehors, où règne la cruelle loi de la nature.

Je suis inconsolable, mais surtout horrifiée.

Car je sais une chose : *Elle est revenue.* Plus insistante que jamais.

16

Je n'ai plus le choix.

Il faut que je ravale ma fierté et que je parle à Thomas. En fait, je le savais depuis le début. Je vais être obligée d'affronter l'angoisse. Ou la folie ?

J'espère que Thomas a le pouvoir de me sortir de là. S'il n'y arrive pas, je n'aurai pas d'autre solution qu'aller voir la psychologue de l'école – même si je doute fort qu'elle s'y connaisse en revenants.

Ça ira, du moment que Ruth n'est pas impliquée. Il suffit que je pense à son petit corps crispé et à la voix d'homme qui sortait de ses lèvres gercées, pour de nouveau changer d'avis.

Bon, je vais aller trouver Thomas. S'il avait des dons de télépathie, il saurait que je veux lui parler maintenant. J'ai essayé de lui envoyer des messages par la pensée, mais ça n'a pas l'air de fonctionner. Il m'évite. La télépathie, ça ne doit pas être dans ses cordes.

À moins qu'il ne m'ignore.

Je lui envoie un SMS.

« Thomas, il faut qu'on parle. On peut se voir après les cours ? »

Pas de réponse.

Je lui écris cinq autres messages. Toujours rien.

Je vais être obligée de l'aborder au réfectoire. Dès que ça sonne, je me précipite à la cantine, avec Stella, étonnée, sur les talons. Ouf, il est encore là, dans le coin réservé aux élèves de sa section.

D'un pas résolu, je traverse la salle jusqu'à la table de Thomas et de ses potes, en ignorant Stella qui me lance :

– Mais qu'est-ce que tu fais, Loulou ?

Je me fiche éperdument de tous les regards rivés sur ma nuque. Plus rien ni personne ne peut m'arrêter maintenant.

Thomas semble très intéressé par ce qu'il a dans son assiette. Je vais droit sur lui et je lui tape sur l'épaule. Aucune réaction. Alors je dis :

– Ohé, il y a quelqu'un ?

Il finit par lever les yeux et me regarde d'un air surpris. On ne me la fait pas, à moi. Je vois bien qu'il joue la comédie.

– Pourquoi tu ne réponds pas à mes SMS ?

– Parce que..., souffle-t-il en haussant les épaules.

J'ai envie de le tuer ! Ses copains se mettent à rire.

Il fait un geste d'indifférence avec les bras. C'est quoi, ce cinéma ?

– Tu n'as lu aucun de mes messages ?

Il sourit de nouveau et je me retiens de le gifler.

– Thomas, arrête ça ! dis-je d'une voix qui se brise, tandis que les sanglots remontent dans ma gorge.

Il se lève d'un coup et me prend par la main.

– Viens, on va dans la cour !

Nous sortons vite main dans la main, sous les sifflements de quelques élèves. C'est normal qu'ils se méprennent sur la situation.

– Ça alors ! s'exclame Hassan.

C'est un peu la honte, mais au fond ça m'est égal. Je me sens en sécurité quand Thomas me tient la main. Attention, ça n'a rien à voir avec un geste amoureux !

Il n'y a personne dans la cour de l'école. On s'arrête d'abord sous l'auvent du gymnase. Thomas baisse les yeux et me lâche la main.

– Qu'est-ce que tu veux ?

J'hésite, puis je m'arme de courage :

– On va être obligés de faire quelque chose. Je n'arrive pas à la chasser.

– Non, à ce que je vois, dit-il en regardant à ma droite.

– Elle est là, maintenant, Thomas ?

Il esquisse un sourire timide et me caresse la joue.

– Loulou, elle est là tout le temps !

Je soupire et j'ai envie de fondre en larmes. Je ne vais pas pouvoir me retenir longtemps.

– Thomas, j'ai tellement peur…

Ce sont mes derniers mots avant d'éclater en sanglots. Il m'attire contre lui. C'est étrange. Il porte un gros pull et, malgré cela, je peux entendre les battements réguliers de son cœur, puisque j'ai le visage blotti contre sa poitrine. Il ne s'affole pas. Il pose un bras sur mon épaule droite, et avec l'autre il me passe la main dans les cheveux, en chuchotant :

– Ça va aller, Loulou, tu vas voir.

Je voudrais balbutier quelque chose, mais pas un mot ne sort et je continue de sangloter.

Quelqu'un siffle encore d'une salle de classe. Un autre crie :

– Embrasse-la, imbécile !

Je m'en fiche. Je suis bien, là, dans ses bras qui me bercent un peu. Puis il se penche vers moi et me chuchote à l'oreille :

– Loulou, tu es consciente qu'on sera obligés d'aller jusqu'au bout, n'est-ce pas ?

J'acquiesce, avec sur mes lèvres le goût salé des larmes qui se mêlent à la morve. Oui, je sais que je n'ai pas le choix. Sans vouloir me l'avouer, je l'ai toujours su. Il n'y a aucun moyen de faire demi-tour !

17

Nous sommes assis dans ma chambre, prêts à convoquer l'esprit de la petite fille. Encore une fois, on sèche les cours. Je me suis assurée que ma mère travaillait au bureau aujourd'hui. Mon père a encore une grosse journée, et Julia est bien sûr à l'école. Nous avons donc l'appartement pour nous.

J'ai préparé du thé, avec les sachets à la fraise que j'aime. Thomas le trouve bon. Il ne veut rien manger, mais il me demande un grand verre d'eau, car ce genre d'expérience donne soif, explique-t-il.

Je tire les rideaux, même si Thomas assure que ce n'est pas nécessaire. Je le fais quand même, ça me paraît plus naturel, et j'ai aussi allumé des bougies. Mais il ne fait pas sombre dans la pièce et on ne sent rien d'inquiétant. Un rayon de soleil perce entre les rideaux et éclaire ma chambre, faisant danser la poussière. J'ai longtemps cru que c'était de la poudre d'étoiles, jusqu'à ce que mon père ait la délicatesse de m'ôter mes illusions en déclarant que la poussière était constituée de squames de peau sèche, de fibres de papier, de pollen, de micro-organismes, de terre et de particules de sable. Encore une de ces explications dont je me serais bien passée.

Je suis nerveuse. J'ai mal au ventre, ma respiration est saccadée et j'ai les mains moites. Je suis allée deux fois me laver sous les bras, car j'ai l'impression que mes aisselles suent l'angoisse.

Thomas semble plus paisible, encore que... Son calme est empreint de gravité. Comme s'il se contrôlait trop. Il a gardé sa veste, parce qu'il dit qu'il a « vite froid » quand il « fait ça ». Il jette un regard vers la cage vide.

– Ça me fait de la peine pour ton oiseau, Loulou !

Je hausse les épaules, j'ai une boule dans la gorge et je ne suis pas en état de dire quoi que ce soit.

Puis il sort de sa poche un mouchoir blanc avec une bordure brodée de myosotis. Comme cela m'étonne, il sourit :

– Il a appartenu à ma mère. Alors j'aime m'imaginer que, d'une certaine façon, il me protège.

J'acquiesce. Je n'en mène pas large. J'ai enfilé la bague de ma grand-mère et je n'arrête pas de la tourner, histoire de me rassurer...

J'ai du mal à respirer, c'est comme si l'air n'allait pas tout au fond de mes poumons.

– Bon, on y va ? demande Thomas.

Je fais oui de la tête, même si je préférerais retarder l'instant fatidique.

Il a pris place dans le fauteuil de ma grand-mère et m'a priée de m'asseoir en face, sur le lit. Entre nous, il y a ma petite table basse avec le thé à la fraise, un plateau en argent orné de huit photophores, trois bâtons d'encens et un grand verre d'eau.

Je continue de tourner la bague de ma grand-mère.

– Loulou, regarde-moi !

Je lève les yeux. Il a l'air si sérieux :

– Loulou, ce qui va se passer maintenant va te paraître extrêmement bizarre. Et sans doute assez effrayant. Est-ce que tu comprends ?

Je hoche la tête.

– Je ne sais pas ce qui m'arrivera si je parviens à établir le contact, mais je préfère te prévenir que ça peut être… euh… violent.

– Violent ?

– Oui, c'est-à-dire que je risque de cracher du feu ou de chercher à te frapper ou…

– Ou de tourner ta tête de 180° et de parler suédois avec une voix de femme ? je poursuis en plaisantant à moitié.

Il a un sourire gêné.

– Non, je ne crois pas. Tu vas juste me trouver un peu bizarre mais c'est important que tu restes concentrée et que tu enregistres ce qui se passe car je ne me souviendrai pas de tout, après coup.

– Thomas, tu as peur ?

Il regarde un point situé au-delà de moi, en tordant le mouchoir qu'il tient dans la main.

– Est-ce que tu peux déplacer ces photophores et les mettre sur ta commode ?

– Bien sûr, dis-je en m'exécutant.

– Et tu veux bien éteindre ces bâtons d'encens ? Ils puent vraiment trop. Excuse-moi, ce n'est pas contre toi.

Je crache sur mon pouce et mon index et les applique sur les bâtons d'encens. Un peu de fumée s'élève. C'est vrai qu'ils sentent mauvais.

– Tu ne m'as pas répondu, Thomas. Est-ce que tu as peur ?

– À cet instant précis, je n'ai pas de place pour l'angoisse, répond-il en posant ses paumes à plat sur les accoudoirs du fauteuil.

Il prend une profonde inspiration et ferme les yeux.

– Loulou, tu es prête ? Car j'y suis presque…

– Oui, je chuchote en tripotant la bague de ma grand-mère. Je voudrais juste savoir si elle est ici maintenant.

– Oui, dit-il, les yeux fermés. Elle est assise à côté de toi, à ta gauche. Elle appuie son visage contre ton épaule.

J'essaie de me concentrer. Mais je ne vois rien et, un court instant, je suis saisie par le doute.

Thomas respire plusieurs fois profondément, en expirant lentement par la bouche. Il baisse le visage vers sa poitrine et reste longtemps comme plongé dans une méditation. Puis il porte les mains à ses tempes et commence à se balancer d'avant en arrière, en pressant le mouchoir dans sa main gauche. J'ai froid, un courant d'air glacial semble avoir envahi la chambre.

– Est-ce que le contact est établi ? demande-t-il tout bas.

Le silence est total. La flamme d'un photophore s'agite soudain. Sinon, rien.

Thomas se met soudain à tousser violemment, tout en murmurant :

– Oh, mon Dieu, où suis-je ? Qu'est-ce qui se passe ?

Il se tait et se balance de nouveau, avant de s'immobiliser pendant de longues secondes. Ensuite il lève lentement le visage et me regarde avec ses yeux vairons. Au début, je crois qu'il est sorti de sa transe et je m'apprête à lui demander ce qu'il a vu.

Mais je me rends compte que son regard me traverse comme si j'étais transparente. Il marmonne aussi, si bas que je ne perçois que des bribes incompréhensibles. Peut-être qu'il parle dans une langue inconnue, comme j'ai vu des évangéliques pentecôtistes le faire dans une émission de télévision. Ils chassaient les démons du corps d'une femme qui se plaignait de migraines ou un truc du genre.

Maintenant, il chantonne ! D'abord tout doucement, puis de plus en plus fort, ce qui me permet de comprendre les paroles. J'ai déjà entendu cette mélodie, mais je ne sais plus où. C'est un vieux chant danois qu'il fredonne à présent d'une voix claire comme s'il faisait partie de la Maîtrise de Copenhague :

« D'un cœur léger, tu emprunteras
Des chemins que Dieu seul connaît,
Même si le but tu n'atteindras
Qu'à la fin du monde ! »

Je souris bêtement et je lui demande pourquoi il chante, mais, le regard toujours aussi lointain, il ne me prête pas attention. La température a encore baissé dans la pièce, je prends ma couette et m'enroule dedans.

– Est-ce que tu as froid, toi aussi, Thomas ?

Il ne me répond pas et continue à chanter :

« Ne crains pas la puissance des ténèbres,
La lumière des étoiles brillera !
Avec un "Notre Père" sur les lèvres
Jamais la peur tu n'éprouveras !

Lutte pour tout ce que tu chéris,
Meurs si tel en est le prix.
La vie n'est pas difficile alors,
Pas plus que ne l'est la mort. »

Ensuite il replonge dans sa transe, ferme de nouveau les yeux et laisse retomber la tête sur sa poitrine. Il se met à parler bizarrement – des paroles qui n'ont ni queue ni tête, avec sa propre voix. Heureusement !

Il tousse très fort, puis crie :

– Louis, Louis, où es-tu ?

Nouvelle quinte de toux.

– Sœur Madeleine, aidez-moi !

Je ne trouve pas ça drôle du tout.

– Thomas, je m'exclame. Thomas, qu'est-ce qui se passe ?

Il se tourne vers moi une fraction de seconde avec un regard presque normal avant de me demander de me taire :

– Pas maintenant, Loulou. Je suis en contact avec elle et elle veut me dire quelque chose.

– Quoi ?

Il ne me répond pas.

Un nuage passe dans le ciel et dissimule le rayon de soleil qui entrait dans la chambre, la rendant plus sombre encore. Le froid glacial s'est transformé en chaleur torride – à moins que ce ne soit simplement l'effet de la couette ? Les flammes de tous les photophores s'agitent.

– Pourquoi ont-ils bombardé notre école ?

Thomas est complètement parti, j'attrape sa main pour le sortir de sa transe, en criant son nom. Mais il ne réagit pas.

– Ma sœur, il fait si sombre ici…

Je n'en peux plus, je me bouche les oreilles en criant :

– Thomas, arrête ! Arrête ça !

Son corps est traversé par un spasme.

– Louis !

C'est le dernier mot, à moitié étranglé, qui sort de sa bouche avant qu'il redevienne lui-même.

Il se renverse en arrière dans le fauteuil, visiblement à bout de forces.

– Oh, mon Dieu ! s'écrie-t-il. Tu peux me passer l'eau ?

Il boit le verre d'un trait. Puis regarde, d'un air hébété, autour de lui.

– Thomas, qu'est-ce qui s'est passé ? Qu'est-ce que tu as vu ? Raconte !

Pas de réponse.

Il se contente de me tendre le verre vide. Je cours dans la cuisine pour le remplir. Et il le vide de nouveau.

– Thomas, est-ce que tu es là ?

– Oui, ne t'inquiète pas. Ça va aller.

– Tu te rappelles quelque chose ?

Il hoche la tête.

– Je me rappelle tout. Malheureusement.

Malheureusement ?

– Loulou, c'était une expérience très éprouvante.

– Oui, je l'ai senti. Tu as appelé un certain Louis puis je ne sais quelle sœur. Est-ce que tu as compris quelque chose, Thomas ? Je t'avoue que je suis un peu larguée…

Il pose le verre sur la table et me regarde.

– Elle s'appelle Rosa… La petite fille s'appelle Rosa.

– Comment tu sais ça ?

– C'est comme ça que la sœur l'a appelée.

Je soupire.

– La sœur, quelle sœur ?

– Sœur Madeleine. Une religieuse…

– Une religieuse ? De quoi tu parles ?

– Loulou, je comprends enfin. Pourquoi je n'y ai pas pensé plus tôt ?

– À quoi, Thomas ? Explique-moi !

– Tu as bien vu, elle porte un uniforme d'école d'autrefois.

– Un uniforme d'école ?

– Oui, tu n'as pas remarqué ?

Je hausse les épaules.

– Tu sais encore où tu habites, Loulou ?

– Oui, enfin je crois. Si la Terre continue de tourner, je vis toujours au 80 de l'avenue Frederiksberg.

Il ne sourit pas et ajoute d'un ton grave :

– Quelque chose de terrible a eu lieu précisément à cette adresse, autrefois.

Je pense aussitôt à un meurtre macabre qui aurait pu être commis ici, puis les pièces du puzzle s'assemblent pour moi aussi.

18

– L'École française ! je chuchote.

Thomas acquiesce :

– Oui, l'École française se trouvait ici. Tu n'as jamais entendu parler de ce qui est arrivé ?

– Si, évidemment.

Quand on grandit dans l'avenue Frederiksberg, et surtout dans ses immeubles en briques rouges, on sait qu'ils ont été construits sur les décombres de l'ancienne école.

On en a même parlé en classe. Peu avant la fin de la Seconde Guerre mondiale, l'aviation britannique a bombardé l'école par erreur. Des enfants et des bonnes sœurs ont été tués dans l'attaque. Ce cours d'histoire remonte à plusieurs années, mais je me souviens que je n'avais pas supporté d'entendre tous les détails de cette tragédie. C'est tellement affreux. Imaginer plus d'une centaine d'enfants et de religieuses périr dans un enfer de bombes, de fumée et de bâtiments en feu, juste ici… C'est trop terrible.

Du coup, j'ai presque refoulé le fait que j'habite sur les ruines d'une des plus grandes tragédies de l'histoire du Danemark.

Au bas de l'avenue Frederiksberg, il y a un monument représentant une religieuse avec deux enfants qui, effrayés, lèvent les yeux vers le ciel. Je sais bien qu'on l'a érigé en mémoire des nombreux morts dans le bombardement, mais cette sculpture fait partie du décor maintenant, je ne pense plus à son histoire quand je passe devant.

– Rosa était parmi les enfants qui ont été tués lors de ces bombardements, m'explique Thomas en me prenant la main. Et elle est restée figée dans cet instant. Apparemment, elle ne sait même pas qu'elle est morte.

– Pourquoi ?

Il hausse les épaules.

– Est-ce qu'elle t'a dit quelque chose, Thomas ?

Il secoue la tête.

– Ça ne se passe pas comme ça. Elle m'a entraîné là-bas, c'est tout. Dans le champ de ruines de l'école bombardée, quelques minutes avant qu'elle…

– Meure ?

– Oui, je crois. Je ne suis pas sûr qu'elle a compris ce qui lui arrivait.

– Comment ça ?

– C'est ce qu'il va falloir éclaircir, Loulou.

– Mais pourquoi ne t'a-t-elle pas expliqué ce qu'elle voulait ? Ça aurait quand même été plus simple.

Il embrasse ma main et répond :

– Parce que ça ne fonctionne pas ainsi. Elle ne me parle pas directement.

Je pousse un gros soupir.

– C'est vrai que ce serait trop facile.

Il fait un geste d'impuissance.

– Nous savons seulement qu'elle s'appelle Rosa et qu'elle cherche quelqu'un du nom de Louis.

– Tu es sûr qu'elle s'appelle Rosa ?

– Oui !

Nous restons un moment silencieux.

– Thomas, est-ce que l'École française n'était pas réservée aux filles ?

– Si.

– Qui est Louis, alors ?

Je remarque que je me penche un peu de côté, comme si quelqu'un appuyait sa tête contre mon épaule.

– Thomas, elle est encore là ?

Il sourit.

– Non, tu peux te redresser. Elle est partie maintenant.

J'esquisse un sourire.

Soudain Thomas se lève et jette un regard par-dessus une de ses épaules, puis par-dessus l'autre, en marmonnant :

– Allez-vous-en !

– Hé, Thomas ! Qu'est-ce qui t'arrive ? je m'écrie en me levant aussi.

Il me regarde.

– Oh ! c'est rien. J'ai cru qu'il y avait quelqu'un, mais c'est mon esprit qui me joue des tours. Tu sais, ce genre d'expérience, ce n'est pas vraiment conseillé pour des gens comme moi...

– Tu vas bien, Thomas ?

– Oui, je vais bien. Ne t'inquiète pas.

Au même moment, on entend quelqu'un qui ouvre la porte d'entrée.

– Ohé ? Y a quelqu'un à la maison ?

C'est ma mère !

– Oui, je crie, agacée.

Alors elle ouvre carrément la porte de ma chambre et reste plantée là. Elle prétend respecter la vie privée des autres, mais, dans la pratique, c'est une autre histoire. Sans savoir pourquoi, je souffle tous les photophores sur la commode, de manière fébrile. Thomas la regarde, un peu mal à l'aise. C'est clair qu'elle se fait tout un film. Elle est loin d'imaginer qu'une séance de spiritisme vient de se dérouler, ici, dans ma chambre. Je vois son regard sur les rideaux tirés qui en dit long.

– Quoi ? dis-je, énervée.

Elle fait un petit sourire entendu. Elle tient un sac en plastique dans chaque main et une bouteille d'eau minérale d'un litre et demi sous chaque bras.

– Vous n'aviez pas cours aujourd'hui ?

– Non. Niels est en formation informatique, je réponds aussitôt.

Niels est toujours en formation.

Elle refait son sourire agaçant de madame Je-sais-tout, pose ses sacs par terre et tend une main à Thomas, tout en gardant les bouteilles coincées sous les bras.

– Bonjour. Annette, la maman de Loulou, se présente-t-elle.

Thomas rougit, et moi, je rougis à cause de lui. Et de ma mère. Je ne sais pas où me mettre.

Thomas lui serre la main et s'incline légèrement, comme un garçon bien élevé dans un film des années 1950.

– Thomas, Thomas Klimko.

– Klimko ?

– Oui, c'est hongrois.

– Hongrois ? Ah, c'est intéressant, commente ma mère en plissant le front.

Elle vient de se rendre compte qu'il a les yeux vairons.

Je souris bêtement alors que tout mon corps lui crie : « Dégage ! »

Elle ne comprend rien.

– Vous vous êtes bien amusés ? Je vois que tu as invité Thomas à prendre le thé, remarque-t-elle en le lâchant enfin des yeux.

– Maman !!!

– Oh, pardon ! je ne veux pas vous déranger davantage, déclare-t-elle en sortant de ma chambre.

Dans sa précipitation, elle laisse échapper une bouteille et, en voulant la ramasser, fait aussi tomber la seconde. Deux bouteilles d'un litre et demi d'eau minérale au citron vert roulent par terre. Thomas et moi, on se penche en même temps pour les prendre et on se cogne violemment la tête. On n'a pas tellement mal, mais on se sent tout penauds.

– Oh ! je suis désolée, s'écrie ma mère.

Elle va continuer encore longtemps à nous casser les pieds ?

On lui donne les bouteilles et elle s'éloigne enfin.

– Excuse-moi, mais elle me tape vraiment sur les nerfs.

– Oh, elle est gentille, je trouve.

Je secoue la tête, peu convaincue.

– Il vaut mieux que je m'en aille, maintenant, dit-il.

Il remet son mouchoir dans la poche intérieure de sa veste. Je vais dans la cuisine, où ma mère est en train de ranger les courses, je découvre avec effarement des kilos de fruits bio sur la table et je comprends que je n'en ai pas fini avec les smoothies acides.

– Au revoir, Annette, j'ai été heureux de faire votre connaissance.

– Tout le plaisir est pour moi – et pour Loulou, naturellement, ajoute-t-elle avec un petit rire.

Je comprends parfois les gens qui deviennent violents… Enfin, façon de parler.

Je raccompagne Thomas à la porte.

– Et maintenant ? je chuchote.

Il hausse les épaules.

– Disons, demain à la bibliothèque après les cours.

– Pas la bibliothèque de l'école, quand même ?

– Non, la bibliothèque Frederiksberg. Deux heures, ça te va ?

– Deux heures dix. On ira chacun de notre côté, OK ?

– Oui, il vaut mieux. Je me ferai charrier par tous mes potes si on me voit avec toi.

– Ce n'est pas ce que je voulais dire…

– T'inquiète, Loulou.

Et il s'en va.

Je ne referme pas tout de suite la porte. Je l'entends parler tout bas tandis qu'il descend les marches. Il est quand même bizarre, ce garçon. Quand il atteint la porte cochère, il pousse un juron et parle plus fort.

– Thomas, tu as un problème ? je crie.

– Non, dit-il, c'est juste que je n'arrivais pas à ouvrir la porte.

Mais ce n'est pas vrai. Je l'ai clairement entendu crier :

– Allez-vous-en ! Laissez-moi tranquille !

19

J'arrive à la bibliothèque à deux heures treize. Thomas est déjà là et on dirait qu'il travaille depuis un bon moment. Penché sur un ordinateur, il a autour de lui une pile de livres, de documents et de DVD d'histoire. Il a pris plein de notes sur un carnet. Je ne comprends rien à ce qu'il a écrit. Il y en a des pages et des pages. Comme je ne l'ai pas vu à l'école aujourd'hui, je me demande s'il n'a pas passé toute la journée ici.

Il lève les yeux et me fait signe de le rejoindre. Il a l'air enthousiaste, presque trop.

– C'est de la folie, Loulou. Écoute un peu ça !

Et il lit à haute voix une page sur internet :

– « Le mercredi 21 mars 1945, dans la matinée, cinquante et un avions de combat anglais ont survolé le Danemark en direction de Copenhague. Dix-huit bombardiers flanqués de trente et un avions de chasse et deux avions photographes. Ils volaient à basse altitude pour échapper aux radars allemands. L'opération avait pour nom "Opération Carthage"... »

– Carthage ? Ça me fait penser à cette citation de Caton l'Ancien, 150 av. J.-C. : « Carthage doit être détruite... »

Il sourit, amusé, avant de répéter, en latin s'il vous plaît :

– *Ceterum censeo Carthaginem esse delendam.*

Et il retourne à son écran d'ordinateur.

– « La cible de l'opération était le bâtiment Shell qui abritait le quartier général de la Gestapo.

« Aux premier et deuxième étages, les Allemands gardaient des documents qui pouvaient leur permettre de démanteler toute la Résistance danoise. Il fallait détruire ces documents avant que les Allemands ne les utilisent et remontent jusqu'au cœur du mouvement de résistance.

« Ils avaient installé au grenier des cellules où ils enfermaient les résistants qui leur servaient de bouclier humain contre les frappes alliées.

« Mais la Gestapo était trop optimiste : la Royal Air Force décida malgré tout d'attaquer le bâtiment, sur ordre du Conseil de Libération.

« Les bombes furent envoyées à l'horizontale, de manière à toucher les premier et deuxième étages. Les fameuses cartothèques furent détruites. Les résistants se trouvaient dix mètres au-dessus du point d'impact des bombes.

« Huit résistants furent tués, mais les autres parvinrent à s'enfuir.

« L'opération fut un succès militaire. »

Il marque une pause pour faire durer le suspense.

– « Malheureusement, il se produisit un accident terrible. Un des bombardiers heurta un poteau à la gare d'Enghave, perdit le contrôle et s'écrasa dans l'avenue Frederiksberg à côté de l'École française. Une énorme colonne de fumée se dégagea, et le pilote du bombardier suivant crut qu'elle signalait la cible. Il largua ses bombes sur l'école et les quartiers environnants. Neuf cents personnes virent leurs maisons détruites, cent seize personnes, dont quatre-vingt-six enfants, périrent sous l'attaque. Ce fut la plus grande catastrophe de l'Occupation. »

Il interrompt sa lecture et me regarde.

– C'est juste là où tu habites, Loulou.

J'ai une boule dans la gorge. Tout cela commence à devenir oppressant.

– Tiens, regarde ça, ajoute-t-il.

Avec des gestes qui dénotent une grande habitude, ses mains pianotent sur le clavier et un vieux film en noir et blanc apparaît sur l'écran accompagné d'une voix de speaker d'autrefois, qui annonce que des avions de chasse survolent le Danemark à basse altitude en direction du quartier général de la Gestapo, à Copenhague.

C'est étrange de voir ces avions voler si bas. Et c'est effrayant de penser qu'au même moment une centaine d'enfants innocents étaient dans leurs salles de classe, sans se douter une seconde de l'enfer qu'ils allaient vivre.

Sur l'écran défilent les actualités de l'époque concernant le bombardement du bâtiment Shell. Une voix à l'intonation typique de l'époque salue la réussite de cette attaque aérienne.

Puis surgissent d'autres images, sur fond de musique triste. Avec une émotion contenue, le commentateur raconte la fatale erreur commise par l'escadron qui bombarda l'École française de l'avenue Frederiksberg. C'est flou, mais on aperçoit l'école en flammes, les bâtiments détruits, la panique générale, les rescapés – enfants et religieuses – qui courent dans la rue, couverts des cendres blanches qu'ont produites les bâtiments en s'effondrant, tuant tant d'innocents.

J'ai toujours su que j'habitais sur les ruines de l'École française, mais c'est la première fois que je comprends ce qui s'est réellement passé dans ma rue, une matinée de printemps, le 21 mars 1945.

La caméra fait des gros plans sur les parents horrifiés, retenus par les pompiers. Est-ce leurs enfants qui sont enfermés dans l'école en feu ?

Je ne supporte plus de voir ça.

– Thomas, tu ne peux pas éteindre, s'il te plaît ? je demande à l'instant même où le film s'arrête.

Il n'a duré que trois minutes, mais cela m'a paru une éternité. Ces images sont maintenant gravées à jamais en moi.

– Écoute ça !

– Non, merci, Thomas. J'en ai assez vu.

Ses doigts courent de nouveau sur le clavier. Il branche son casque à l'ordinateur et, avant que j'aie pu réagir, il me le met sur les oreilles :

– Il faut au moins que tu écoutes ça.

C'est un enregistrement de la radio danoise à Londres, le 21 mars 1945. Après des crachotements, une voix rapporte la bévue monumentale responsable du bombardement de l'École française. Les mots entrecoupés de sanglots disent toute l'horreur des évènements qui viennent de se dérouler. Des mères en larmes devant l'école bombardée voient s'amenuiser l'espoir que leurs enfants soient encore vivants. Le commentateur évoque la rapide progression des flammes, en raison d'un vent fort, mais aussi parce qu'il s'agit d'obus au phosphore. Le phosphore ne s'éteint pas avec de l'eau et s'embrase au contact de l'oxygène. C'est pourquoi les incendies se multiplient malgré les pompiers qui progressent dans les ruines. Cela explique qu'ils n'arrivent pas à atteindre les caves de l'école, où les nonnes et les enfants se sont réfugiés. Sur les quarante enfants et adultes que les secours retrouvent enfin, tard dans la soirée, la plupart sont morts étouffés. D'autres ont déjà été tués par l'effondrement du bâtiment. Alors que le commentateur continue à donner d'horribles détails, j'arrache le casque. Je ne supporte pas d'en entendre davantage.

– Tu pleures ? demande Thomas.

Je suis si bouleversée par ce que je viens de voir et d'entendre que je fais simplement un geste d'impuissance.

Est-ce que Rosa a vécu cela ? Est-ce dans cet enfer qu'elle est restée bloquée ? Est-ce ça qu'elle a essayé de me montrer dans mes rêves ?

Mais pourquoi ?

Thomas se relève et me caresse la joue.

– Pardon, Loulou, c'était un peu violent de t'infliger tout ça d'un coup.

J'essuie mes larmes avec le revers de ma manche.

– J'ai besoin de respirer un peu.

– Si tu veux, j'ai un Coca frais pour toi sous la table. Fais gaffe à ne pas te faire repérer par la bibliothécaire à la robe rayée en tricot, là-bas. Et puis j'espère que tu as mis ton portable sur vibreur, car elle flippe complètement quand elle entend un téléphone sonner, ajoute-t-il en pointant le doigt sur une femme à l'air revêche, en train de remettre des livres sur un rayon.

Je bois en douce quelques gorgées de Coca, et ça me réconforte un peu.

– Bon, pour ce qui est du contexte historique, j'y vois plus clair maintenant. Mais ça nous mène à quoi ? Qu'est-ce que Rosa vient faire là-dedans ? Tu as trouvé quelque chose sur elle ?

Il secoue la tête.

– Rien pour l'instant, ni sur Rosa ni sur un certain Louis. J'ai pourtant consulté la liste des enfants et des religieuses qui ont péri dans les bombardements, leurs noms n'apparaissent nulle part.

Il a recopié les noms des victimes dans son carnet sous le titre « In memoriam », ce qui signifie en latin « en mémoire de », m'explique-t-il.

Il me prend vraiment pour une débile ?

– J'avais compris, tu sais...

J'essaie de lire ce qu'il a écrit, mais impossible de déchiffrer ses pattes de mouche.

– Tu as vraiment une écriture de cochon.

– Oui, je sais. Elle est illisible, admet Thomas en souriant. En tout cas, il y a beaucoup de noms de garçons parmi les victimes.

– De garçons ?

Thomas hoche la tête.

– Il y avait apparemment des garçons dans la maternelle de l'école.

– Et pas de Louis ?

– Non, je n'ai trouvé personne inscrit sous ce nom-là.

Et il enchaîne avec toutes les infos qu'il a rassemblées. L'École française s'appelait « École Jeanne-d'Arc » et avait été fondée par des religieuses de l'ordre de Saint-Joseph en 1924. C'était au départ une école de filles, catholique et internationale, mais il y avait aussi des enfants protestants et surtout des Danois. Il a photocopié une vieille coupure de presse où des religieuses et des enfants ayant survécu au bombardement sont interviewés.

– Je ne pense pas que tu aies envie de lire ça maintenant ?

Je secoue la tête.

– En tout cas, j'ai noté tous les noms pour garder une trace. Je sais que ça paraît illisible, mais je m'y retrouve sans problème, précise-t-il en souriant.

– Tu as l'air d'avoir une méthode de prise de notes infaillible, Thomas. Tant que d'autres n'ont pas à te relire…

– C'est justement tout l'intérêt de la chose !

– Ah bon ?

– Mais oui.

Je soupire.

– C'est vrai que c'est intéressant, tout ce que tu as compilé, mais ça nous mène où ?

– Nulle part, pour l'instant, admet Thomas en prenant une gorgée de sa canette de Coca, qu'il a glissée dans la poche intérieure de sa veste. Je n'arrive pas à mettre la main sur la liste des élèves présents à l'école ce fameux 21 mars 1945.

– On pourrait peut-être la lui demander ? dis-je en désignant la bibliothécaire de la tête.

– Merci, sans façon. J'ai essayé de lui parler, autant dire que ça n'a pas été une réussite. Elle m'a trouvé bizarre et a voulu savoir pourquoi je tenais tellement à cette liste. Je lui ai rétorqué que cela ne la regardait pas et alors elle a menacé d'appeler un vigile pour m'expulser... Honnêtement, je fais si peur que ça ?

– Euh...

Je dois avouer qu'il a l'air un peu allumé aujourd'hui : il n'arrête pas de jeter des coups d'œil par-dessus son épaule.

On continue à faire des recherches le reste de l'après-midi. On apprend une foule de choses sur le bombardement. Les équipages des bombardiers se composaient principalement de Canadiens, d'Australiens et de Néo-Zélandais. Neuf membres d'équipage périrent lors de cette opération. De nombreux avions furent touchés par les Allemands sur le chemin du retour, deux tombèrent dans la baie de Cattégat, et l'un dans le Fælledpark. Un autre avion tenta d'amerrir dans le détroit d'Øresund, mais tout l'équipage se noya. Les survivants ne se remirent jamais d'avoir causé la mort de tant d'enfants innocents en se trompant de cible.

Thomas note tout ça, je ne vois pas pourquoi. Certes, ce sont des informations importantes, mais on n'en sait toujours pas plus sur Rosa ou sur Louis.

À six heures tapantes, la bibliothécaire, toujours aussi peu aimable, nous flanque à la porte. Elle nous reproche de monopoliser l'ordinateur. Dehors, il commence déjà à faire sombre.

– Et je vous rappelle qu'il est interdit de boire du Coca-Cola à l'intérieur de la bibliothèque, nous lance-t-elle tandis qu'on s'éloigne.

Alors Thomas se retourne soudain et fixe cette femme assez fluette. Elle recule d'un pas. Il lève lentement le bras droit, pointe l'index vers elle et dit :

– Va vers la lumière !

Puis il se tourne vers moi et sourit. J'ai du mal à comprendre ce qu'il y a de comique, il y a sûrement un truc qui m'échappe.

– Allez, on se casse, Loulou. Et vite !

Il me pousse presque.

– Arrête, Thomas. Qu'est-ce que tu as ?

Il ne me répond pas. Une fois dehors, je suis obligée de courir pour rester à sa hauteur.

– Attends-moi, Thomas !

Pourquoi il est si étrange tout à coup ? Jusqu'à sa façon de marcher... D'habitude, il traîne un peu, malgré ses grandes enjambées, et là il court presque, tout en jetant des regards par-dessus de son épaule, comme si quelqu'un nous suivait.

– Thomas, tu es sûr que tu vas bien ?

– Oui oui, répond-il d'une voix qui dit exactement le contraire.

Soudain il s'arrête en pleine rue, regarde derrière lui, crache deux fois par-dessus son épaule droite et une fois par-dessus la gauche, puis fait un signe de croix.

– Thomas, qu'est-ce que tu fabriques ?

– Quoi encore ?

– Les gestes que tu viens de faire, ça sert à quoi ?

– Oh, à rien, ment-il en me jetant un regard troublé.

– Thomas, ça n'a pas l'air d'aller...

– Mais si, je t'assure, dit-il en souriant pour me réconforter.

Son sourire est tout sauf convaincant.

– Tu ne prends plus tes médicaments ?

Il me fixe d'un regard si dur que je recule malgré moi d'un pas.

– Pourquoi tu dis ça ? Tu sais bien que je n'ai pas besoin de médicaments !

Sa voix m'effraie.

– Tu crois que je fais une crise, c'est ça ? Thomas le Barjo, le retour, hein ? Avec toutes les voix dans sa tête et ses persécuteurs invisibles.

On se tient tout près l'un de l'autre, ses yeux lancent des éclairs.

– Si c'est ce que tu crois, dis-le ! m'ordonne-t-il, agressif.

Franchement, je ne sais plus que croire. Je fais un geste désespéré.

– Alors toi aussi, mon fils Brutus ? dit-il.

– Quoi ? Hé, Thomas, on ne pourrait pas un peu laisser tomber ces citations, ce n'est pas vraiment le moment...

Il me dévisage. Je déteste quand il devient bizarre comme ça.

– Toi aussi, tu me trahis, petit Judas, poursuit-il avec un sourire diabolique, cette fois.

– Thomas, arrête avec ça ! Tu me fais peur, ce n'est pas drôle du tout ! je m'écrie en lui saisissant le bras.

Je nourris le faible espoir qu'il joue la comédie.

Mais ce n'est pas le cas, malheureusement.

– Arrière ! Lâche-moi ! crie-t-il en se dégageant avec une telle force qu'il m'envoie valdinguer dans la haie du cimetière de Frederiksberg.

Ensuite il accélère le pas en chantant à tue-tête :

– « Lutte pour tout ce que tu chéris
Meurs si tel en est le prix
La vie n'est pas difficile alors
Pas plus que ne l'est la mort. »

– Thomas ! je hurle.

Il ne répond pas, continue sa route, en braillant et en agitant bras et jambes pour frapper des ennemis imaginaires. Dois-je essayer de le rattraper ? En fait, je n'ose pas. Il est fou à lier !

20

Quand je rentre à la maison, je vais droit dans ma chambre. Il m'a flanqué une de ces trouilles ! J'ai besoin d'être seule. Qu'est-ce qui s'est passé ? Thomas serait-il plus malade que je ne le pensais ?

Tout à coup, ma porte s'ouvre en grand et ma mère se tient sur le seuil, furieuse.

– Tu pourrais peut-être dire bonjour quand tu rentres ?

– Oui, pardon.

– Tu étais où ? J'ai cherché plein de fois à te joindre sur ton portable, je t'ai envoyé des textos. On devait aller ensemble voir ton grand-père dans sa maison de retraite, je te rappelle. On ne peut pas dire qu'il croule sous tes visites, Luisa !

Quand ma mère m'appelle Luisa, ça signifie qu'elle est très remontée contre moi. J'ai envie de lui rétorquer que je ne suis plus un bébé, mais, à cet instant précis, je n'en ai pas la force.

– Combien de fois faudra-t-il te le répéter ? Tu dois me dire où tu es ! Cela fait cinq heures que tu es sortie de cours. Alors moi, je t'attends, je t'appelle, je t'envoie des textos et pas de nouvelles ! Est-ce que tu peux concevoir que je me suis fait du souci ? Et puis tu laisses tomber ton grand-père comme une vieille chaussette. Tu devrais avoir honte !

Je ne me souviens pas qu'elle m'ait parlé de cette visite, mais je préfère ne rien dire.

– Excuse-moi, on était à la bibliothèque. Mon mobile était sur vibreur.

– À la bibliothèque ! Pendant cinq heures ! Et c'est qui, « on » ?

– Thomas et moi.

– Thomas et toi ! On peut savoir ce que vous avez fabriqué là-bas pendant tout ce temps ?

– Non. Ça ne te regarde pas.

– Et insolente avec ça ! D'ailleurs, j'ai rencontré la mère de Stella et elle m'a dit que ce Thomas n'est pas tout à fait… comment dire… bref, c'est un élève de la section P, bredouille-t-elle en essayant de se composer un visage neutre, qui dissimule ses arrière-pensées, bien qu'on ne voit que ça.

– Oui, et alors ? je demande d'un air provocateur.

– Rien, en principe...

Elle hésite :

– Mais il faut juste admettre que certains de ces enfants... de ces adolescents... ont des problèmes psychiques qui...

Je l'interromps :

– Tu crois peut-être qu'il est contagieux ?

– Je n'ai jamais dit ça, Loulou.

Ouf, je suis redevenue « Loulou ».

– Maman, il est OK, je soupire même si je sais que je profère un énorme mensonge, surtout vu l'état dans lequel il était quand je l'ai quitté.

– Oui, je sais... Ils peuvent avoir un côté fascinant, mais ils sont aussi très compliqués...

– Maman, on est seulement amis, d'accord ?

– Oh, je ne veux pas me mêler de ce qui ne me regarde pas... Promets-moi juste de faire attention, c'est tout ce que je te demande.

– Oui. Tu veux bien me laisser seule maintenant ? J'ai des tonnes de maths à faire.

– OK, mais la prochaine fois n'oublie pas de m'appeler pour me dire où tu es. Ou envoie-moi un texto.

– Promis.

Elle regarde la cage vide. Oh ! non, ça ne va pas recommencer. J'ai tellement besoin d'être seule !

– Tu es très triste à cause de Welly ? Ton père et moi, on en a discuté et on veut bien t'offrir une nouvelle perruche.

Je secoue la tête, je sens que je vais exploser. *Allez, dégage…*

– C'est gentil, pas maintenant, dis-je en essayant de garder mon calme.

– Ah, j'oubliais ! Ton grand-père m'a demandé de te saluer et de te donner ça.

Elle sort de sa poche de pantalon un billet froissé de cinquante couronnes.

Je m'en veux, mon grand-père m'était complètement sorti de l'esprit.

– Merci, j'irai le voir bientôt.

– Oui, ce serait la moindre des choses.

Avant de refermer la porte, elle ajoute :

– On dîne dans une demi-heure.

Enfin seule…

Dès qu'elle est partie, je me jette sur mon lit. Je reste là, fixe une vieille tache d'humidité au plafond et cherche à faire le vide. Qu'est-ce qui arrive à Thomas ? J'ai entendu dire que les psychotiques sont victimes d'hallucinations dès qu'ils cessent de prendre leurs médicaments. Est-ce que ça explique son comportement ?

Y a-t-il jamais eu une petite fille dans ma chambre ? Ou n'est-ce que le fruit de mon imagination débordante, stimulée par tous les films que j'ai vus, les livres d'horreur que j'ai lus, les gens bizarres que j'ai rencontrés, et cette guerre dont on m'a parlé à l'école ?

J'ai toujours su que l'École française se trouvait là autrefois. Tous ceux qui habitent ici le savent. Mais on n'y pense plus, à quoi bon ? Thomas aussi était au courant.

Je sors mon portable de mon sac à dos. Effectivement, j'ai plein d'appels en absence et de SMS de ma mère. J'essaie de joindre Thomas, il ne répond pas. Je lui envoie un SMS :

« Thomas, appelle-moi, tu m'as vraiment fait peur tout à l'heure. »

Pas de réponse.

J'ai dû sommeiller, car je sursaute quand on frappe à ma porte. Ma mère passe la tête, l'air inquiet.

– Le repas est servi, Loulou.

Je me lève, un peu chancelante, et me traîne jusqu'à la cuisine.

C'est un curry de poulet. Bientôt on ne mangera plus que de la cuisine thaï partout.

Les boulettes de viande de ma grand-mère me manquent. Elle préparait les meilleures boulettes de viande du monde. Vraiment. C'est pas de la blague. Sans ail, sans chili, sans cumin, sans ces épices que ma mère ne peut s'empêcher de rajouter. Et ses boulettes, elles avaient toutes la même taille et elles étaient croustillantes juste comme il faut.

Je me sers un peu de riz. Julia et mon père engloutissent à toute allure ce qu'ils ont dans leur assiette – tandis que ma mère soupire de lassitude. Je me suis à peine servie qu'ils ont déjà quitté la table pour s'installer devant la télévision. Ma mère et moi échangeons un regard indulgent.

Mon père s'en rend compte.

– Oh, pardon, mais c'est mercredi soir.

Mon Dieu, comment ai-je pu l'oublier ? La Ligue des Champions. Ils ne vont quand même pas manquer un match !

Ma mère et moi restons assises. Je chipote ma nourriture. Je n'ai aucun appétit.

– Il y a quelque chose qui ne va pas, Loulou ? demande-t-elle en posant sa main sur la mienne.

Je me dégage.

– Non, maman. Lâche-moi les baskets !

Elle soupire et continue à manger.

– J'espère seulement que tu viendras me parler si tu as des problèmes. N'oublie pas que je suis ta mère et que je ferai tout pour toi.

Elle pose sa fourchette et passe sa main sur mon front avec ce regard maternel insistant que je connais bien.

Ah, elle a mal choisi son moment pour me faire ses déclarations d'amour ! Alors je prétends avoir un peu mal au ventre. Et, avant qu'elle me demande si c'est à cause de mes règles et qu'elle me fasse un cours sur les explosions hormonales et les contractions dans le bas-ventre, je quitte la table en disant que je suis morte de fatigue.

Je ressens un immense vide dans ma chambre, et il n'y a pas que Welly qui me manque.

Tout ce qui était bizarre semble avoir disparu d'un coup. Je n'ai même plus peur d'aller me coucher, ni d'avoir dans mes rêves la visite d'une petite fille qui arrachera ma couette, fera clignoter ma lampe à lave, cachera mon téléphone, s'assoira dans le fauteuil de ma grand-mère et me lancera un regard terrifiant.

Car elle n'existe pas, cette gamine. Il n'y a jamais eu de petite fille nommée Rosa. Tout ce qui est arrivé, je l'ai simplement rêvé, puis Thomas a rajouté son grain de psychose par-dessus, le tout pimenté par la folie de Ruth. Un point, c'est tout !

Je reste éveillée la moitié de la nuit. Non pas à cause d'une petite fille qui mettrait le bazar dans ma chambre, mais parce que je n'arrête pas de penser à Thomas. Et à moi-même. Qu'est-ce que j'ai fait ? Ai-je joué avec l'esprit d'un garçon malade et est-ce ma faute s'il est en train de péter un plomb ?

Et moi ? Qui me dit que je suis tout à fait normale ?

21

Le lendemain matin, dans la cour de l'école, je tombe sur Thomas. Ça me fait un choc. Comment je suis censée réagir ?

Impossible de prétendre ne pas l'avoir vu.

Il s'approche de moi, me donne un léger baiser sur la joue – ce qui pourrait être désagréable, mais me paraît juste cool.

– C'était sympa de se voir hier.

– Oui, c'était bien, dis-je, hésitante.

Puis on se dirige vers l'entrée du bâtiment.

– Thomas, qu'est-ce qui s'est passé exactement, hier ?

Il hausse les épaules comme si cela ne valait pas la peine d'en parler. Puis il a un sourire un peu supérieur.

– Euh… on était à la bibliothèque, on a trouvé plein d'infos sur le bombardement de l'École française, entre autres des actualités de l'époque, certifiées authentiques, des bandes-sons, des coupu…

J'interromps son flot de paroles, car je déteste qu'on me prenne pour une idiote, surtout lui.

– Arrête, tu sais très bien ce que je veux dire ! je m'écrie en lui tapant fort sur l'épaule.

Il se passe alors les deux mains dans les cheveux. Puis se mord la lèvre inférieure. Ses yeux papillonnent.

– Regarde-moi, Thomas ! je lui ordonne à voix basse mais sur un ton ferme, parce que j'ai remarqué que c'est la seule façon de capter son attention.

Je croise de nouveau ses yeux si fascinants et je dois avouer qu'ils ne sont pas seulement fascinants, non, ils sont d'une beauté incroyable et m'attirent de façon irrésistible. Mais aujourd'hui ils ont aussi quelque chose de sauvage et d'instable. Thomas n'arrive pas à me regarder plus de quelques secondes. Comme s'il devait toujours surveiller quelqu'un qui se tient derrière moi. Je me retourne, mais il n'y a personne.

– Est-ce que tu vois Rosa en ce moment ?

– Non, ce n'est pas elle…

– Qu'est-ce que tu veux dire ?

– Ce n'est pas Rosa, déclare-t-il en continuant de fixer un point situé derrière moi.

Son regard a changé d'expression. Est-ce l'angoisse que je lis dans ses pupilles sombres ? Est-ce l'effroi qui lentement gagne son visage et le transforme à ce point ?

– Va-t'en ! Laisse-moi tranquille ! s'écrie-t-il soudain.

Je recule instinctivement.

– PAS TOI ! hurle-t-il.

Il saisit ma main et la serre très fort.

– Je ne m'adressais pas à toi, Loulou. Pardon !

– Mais à qui alors ?

Il se contente de secouer la tête et me lâche lentement la main.

– Personne... personne, répète-t-il d'une voix rauque. Je ne vais pas très bien, en ce moment, c'est tout.

Puis il se détourne et s'éloigne. Je l'appelle, mais il m'ignore et continue de marcher, le regard fixé sur le sol.

22

Cours d'allemand : « *Bist du dran*[1] *?* »

Non, je ne sais pas où on en est. Je déteste ce bouquin. Je suis nulle en allemand, ou plus exactement je suis bonne en grammaire mais ma prononciation est calamiteuse – surtout pour les *s*. Sans doute parce que j'ai un cheveu sur la langue, même s'il est très léger. Quand je parle danois, ça ne s'entend pas ; en allemand, si. C'est ce que j'essaie d'expliquer à notre prof d'allemand, Ulla Luna, une petite boulotte, qui tient absolument à nous faire découvrir la richesse du vocabulaire de sa langue.

– Je ne peux pas non plus prononcer les *r*, lui dis-je en lui en faisant la démonstration.

Elle se contente de sourire.

1. « À ton tour ? »

– Ça, c'est un problème si tu veux bien parler le français, mais ici, ce qui nous intéresse, c'est les *s*. Allez, Loulou !

Et je suis obligée de m'humilier devant toute la classe en lisant un texte à haute voix avec les *s* les plus chuintants qui soient...

J'ai d'autant plus de mal à me concentrer sur la prononciation que mes pensées vont dans toutes les directions : vers Thomas, Rosa, Ruth... les revenants, les esprits, la folie... Je ne sais plus où j'en suis.

La prof vient vers moi, se penche sur ma table et approche son visage potelé du mien.

J'ai un mouvement de recul.

– Écoute bien... quand le *s* est seul au début d'un mot ou d'une syllabe, il se prononce *z*. Pense au bourdonnement des abeilles : *zzzzz*.

Elle continue à jouer à la grosse abeille, alors que les éclats de rire fusent dans la classe.

– Zzzzz, allez, Loulou, c'est facile !

Tout le monde se moque de moi, même Stella est pliée en deux.

Hassan se retourne, fait semblant de boxer dans le dos d'Ulla Luna, en chuchotant :

– Fais comme si tu étais une abeille. Zzzzz...

– Vas-y, Loulou, essaie encore une fois, on t'écoute !

– Bssss…

– Bon, on va le faire ensemble. Répète après moi : *Sie, sind*, *Sehnsucht* ! dit-elle en exagérant les *s* du début.

Elle approche son visage encore plus près du mien et je reçois son haleine en pleine figure. Quand elle laisse tomber un postillon sur mon livre de cours, la coupe est pleine.

Je repousse ma chaise et me lève d'un mouvement si brusque qu'elle se renverse.

– Vous êtes débile ou quoi ? Vous voyez bien que j'y arrive pas ! je lance et, avant qu'elle ait pu réagir, j'ai déjà passé la porte.

Les autres élèves n'en reviennent pas. Ils ne me reconnaissent pas. Mais qui suis-je vraiment ?

J'ai envie de fondre en larmes, je me retiens comme je peux. Sans trop savoir comment, je me retrouve dans le couloir de la section P, au rez-de-chaussée. Je me rends compte que je ne suis jamais venue ici auparavant. Je suis en terre inconnue, mais il en faudrait plus pour m'arrêter. J'ouvre carrément la première porte en criant :

– Thomas, je dois parler à Thomas !

Je croise les regards de cinq garçons effrayés et d'un professeur qui n'apprécie guère mon intrusion.

– Thomas n'est pas ici, et tu es priée de sortir !

Le temps de fermer la porte, je m'aperçois que cette salle de classe est bien différente de la nôtre, même si la taille est la même. Quand nous, on s'entasse à vingt-huit, eux ne sont que cinq élèves en tout et pour tout !

Nouvel essai dans la classe suivante, pour un résultat similaire.

La troisième porte est la bonne. Tant mieux, car je l'ai ouverte doucement et ai demandé d'une voix plus calme :

– Est-ce que Thomas est là ?

Un professeur se tourne vers moi.

– C'est privé, et c'est important ! dis-je précipitamment, avant qu'il ne se fâche.

– Thomas ne va pas très bien aujourd'hui, annonce le professeur, après un temps d'hésitation. Il est dans la cour pour évacuer son énergie négative.

Il est clair que c'est un professionnel qui connaît les problèmes de ses élèves et adapte sa pédagogie en conséquence.

– Merci, je lance en me précipitant vers la cour.

Au début, j'ai beau chercher, je ne le vois nulle part.

Puis je l'entends :

– Allez-vous-en, laissez-moi tranquille !

Il se tient sous l'auvent du gymnase.

– Lâchez-moi ! s'écrie-t-il en se mettant à courir comme s'il était poursuivi.

Il s'arrête net, lève son bras droit, pointe l'index dans le vide et dit :

– Va vers la lumière !

Je m'approche de lui en disant son nom tout bas. Je crois avoir lu qu'il ne faut pas réveiller les somnambules de manière trop brusque, je ne sais plus exactement pourquoi. Pour leur éviter un truc dramatique, je crois.

Et c'est ce que je ressens avec Thomas. Il faut y aller doucement. N'est-il pas… psychotique, comme on dit ?

Il m'aperçoit enfin et sourit. Mais il garde une expression de douleur dans les yeux quand il s'avance vers moi.

Quand il est tout près, il m'étreint soudain violemment.

– Loulou, je ne maîtrise plus rien ! me chuchote-t-il dans l'oreille gauche.

– Maîtriser quoi, Thomas ? Qu'est-ce que tu vois ?

– Les morts, Loulou… Ils sont partout maintenant !

23

J'ai vraiment peur que Thomas disjoncte pour de bon. Je l'oblige à s'asseoir sur un banc dans la cour. J'ai du mal à avoir une conversation avec lui. Il a l'esprit clair et puis, la seconde d'après, il paraît complètement fou. Il tourne la tête de tous les côtés et crie des ordres étranges à des êtres invisibles. Il n'est pas lui-même et je n'aime pas le ton agressif sur lequel il hurle :

– Va-t'en ! Laisse-moi tranquille, tu ne vois pas que tu es mort ?

Ou d'autres choses tout aussi bizarres.

Puis il presse ses poings contre ses tempes, en se balançant d'avant en arrière.

– Elles vont me rendre fou !

– Qui, elles ?

– Les voix ! Elles n'arrêtent pas de me parler. Elles ne me laissent pas un moment de répit !

– Thomas, regarde-moi ! je m'écrie en lui prenant la main. Dis-moi ce qui se passe !

– Tu le sais bien, Loulou. Je suis assailli par les morts. C'est parce que je leur ai ouvert la porte. On n'aurait jamais dû faire ça !

– Oui…, dis-je en serrant sa main encore plus fort. On n'aurait jamais dû. Je m'en veux, tu sais.

Il hoche la tête. Il a l'air épuisé. Avec de gros cernes.

– Tu n'as pas du tout dormi, Thomas ?

– À ton avis ? Comment veux-tu que je dorme alors qu'ils sont tout le temps là ?

Il soupire tristement et je ne supporte pas le regard désespéré qu'il pose sur moi.

– Tu ne peux pas refermer la porte ? je chuchote.

Il fait non de la tête.

– J'essaie, crois-moi. Mais ils ne me lâchent pas d'une semelle. Ils me touchent, me parlent…

Je me force à poser la question :

– Et Rosa ?

– Je n'arrive pas à la distinguer dans la foule. Les autres la repoussent. Elle a disparu, Loulou.

C'est à se demander s'il y a jamais eu une Rosa, ce que je me garde bien de dire tout haut.

– Loulou, tu crois que je suis en train de devenir fou, n'est-ce pas ?

Je ne réponds pas, je serre juste sa main très fort.

– Loulou, il faut que tu me croies.

J'acquiesce mollement :

– Thomas, est-ce que tu es sûr que ce sont des esprits ?... Je sais que ça va te fâcher, mais est-ce que c'est lié à ta... – comment dire ? –, au fait que tu ne prends pas tes médicaments ? J'ai lu sur internet que c'est dangereux quand on arrête comme ça d'un coup...

Il lâche ma main, écarte une mèche de mon front et me regarde avec des yeux implorants.

– Loulou, si même toi, tu ne me crois plus...

J'esquisse un sourire gêné.

– Je ne sais vraiment plus que penser, Thomas.

Il se passe les mains dans les cheveux.

– Tiens, je fumerais bien une cigarette, dit-il en semblant se calmer un instant.

– Mais on n'a pas le droit dans la cour.

– Ah, la jeunesse d'aujourd'hui ! Vous ne faites jamais un truc interdit ? s'exclame-t-il en imitant la voix de Ruth.

Ça me fait sourire. J'ai l'impression que Thomas redevient lui-même.

Il pose son bras gauche autour de mon épaule.

– Quand tout cela sera terminé, Loulou, pas question de rentrer dans le rang et de devenir des gens comme les autres. Parler de choses banales, faire des choses banales. Non, on ira chez toi, on s'allongera sur ton lit pour discuter et... peut-être...

Son visage s'approche du mien… Ses yeux brillent… Son index droit caresse mes lèvres… Je sens mon ventre se nouer.

Soudain il se redresse.

– Allez-vous-en, vieillards !

Il y a un homme qui se tient devant Thomas. Pas un fantôme. C'est son professeur.

– Thomas, calme-toi, ce n'est que ton prof ! dis-je.

– Oui, je sais, mais les deux autres derrière lui, tu ne les vois pas ?

– Si, Thomas. L'un, c'est Max, le concierge et l'autre, le grand, c'est Lars Krogh, le prof de sport !

– Laissez-moi tranquille ! ALLEZ-VOUS-EN ! hurle Thomas, qui se met à courir.

Ils ont vite fait de le rattraper et tentent de le maîtriser. Mais l'entreprise s'avère difficile, car Thomas est doué en karaté. Il donne des coups de pied au concierge, en criant des mots dans une langue asiatique : « *Kiai, kiai.* » On dirait un film de Bruce Lee, sauf qu'on est dans une cour d'école au Danemark, ce qui n'est pas vraiment glamour.

Tous reculent prudemment.

Le prof essaie d'apaiser Thomas, en évitant toute confrontation physique. Il sait qu'il n'a aucune chance face à un élève déchaîné qui fait une tête de plus que lui.

– Thomas, il faut que tu te calmes un peu. Ça ne va

pas très fort aujourd'hui, je le vois bien. Explique-moi ce qui se passe. C'est moi, Hans, tu me connais.

– Va-t'en, vieillard ! s'écrie Thomas en fixant un point à la gauche de Hans.

Je crois comprendre qu'il ne s'adresse ni à son prof, ni au concierge, ni au prof de sport, mais à quelqu'un d'autre, un vieil homme ou *un esprit*, ici, dans la cour de l'école.

Thomas recommence à donner des coups de pied autour de lui, et cette fois Lars, le prof de sport, est bien décidé à l'affronter. Il se place à son tour en position de combat.

– Je te conseille d'arrêter ça, le prévient-il. Je suis ceinture noire au karaté.

– Tant mieux ! dit Thomas en l'attaquant.

Lars a vite fait de le coincer sous une aisselle. Le concierge vient à la rescousse pour maîtriser Thomas, tandis que Hans essaie encore de lui parler.

Je me tiens en retrait, je me sens complètement dépassée par les évènements.

– Thomas, du calme, du calme ! répète Hans.

Mais ses paroles provoquent l'effet contraire. Thomas est plus déchaîné que jamais et, soudain, il parvient à se dégager et envoie un coup de poing dans le menton de Hans en criant :

– LAISSEZ-MOI TRANQUILLE !

Avant que la situation ne dégénère, Thomas se retrouve plaqué au sol, le concierge et le prof de sport sur lui.

Ce dernier lui fait une prise que même la police n'a certainement pas le droit d'utiliser…

La scène est d'une violence inouïe. Hans se touche le menton, je vois qu'il est très secoué. Il se penche au-dessus de Thomas et lui dit :

– Je voulais seulement t'aider !

Thomas lui crache au visage et les deux hommes ont le plus grand mal à le maintenir au sol, comme s'il était soudain doté d'une force surnaturelle.

Hans essuie sa joue et continue à lui parler gentiment. « Chapeau ! » je pense. Thomas l'a frappé, lui a craché dessus et il reste calme et solide comme un roc.

Je suis vraiment impressionnée.

– Thomas, regarde-moi ! Thomas, est-ce que tu prends tes médicaments ?

Thomas tourne la tête, qui est bien la seule partie de son corps qu'il puisse bouger.

– En quoi ça te concerne ?

– Ça me concerne aussi, Thomas. Je te repose la question : est-ce que tu prends tes médicaments ?

Thomas ne répond pas. Alors Hans s'adresse à moi :

– Est-ce que tu sais s'il les prend ?

J'hésite.

– Écoute, si tu le sais, il faut nous le dire. C'est très important qu'on soit au courant. Dans l'intérêt de Thomas !

Je continue à me taire, mais je tremble.

– Ton silence ne l'aide pas. Au contraire. Regarde dans quel état il est. Il a besoin d'aide.

Je ne supporte pas de voir Thomas plaqué au sol. C'est humiliant et ça me fait peur. Oui, il a besoin d'aide, c'est clair.

Je finis par chuchoter :

– Non… non, il ne prend pas ses médicaments.

– TRAÎTRE, Loulou ! Je croyais que tu étais mon amie ! crie Thomas.

Je me retiens de pleurer, alors je détourne les yeux.

– Il vaut mieux que tu partes maintenant, dit Hans.

Au loin, j'entends des sirènes et je remarque soudain que tout un groupe s'est amassé dans la cour. Des professeurs essaient d'empêcher les élèves d'approcher, sans succès. Le proviseur arrive en courant.

– Je les ai appelés, ils arrivent !

Soudain je vois la main de Stella dans la mienne.

– Viens, Loulou, on s'en va !

Nous courons le plus vite possible, tandis que les larmes coulent sur mes joues.

– Loulou, Loulou ! Ne me laisse pas tomber !

C'est la dernière chose que j'entends Thomas crier tandis que je m'éloigne. Sa voix me transperce le cœur.

Je l'ai trahi, je l'ai abandonné. Oh, mon Dieu…

24

Tout n'est que chaos. Tout !

Je suis dans mon lit, avec un demi-comprimé de sédatif dans le ventre. J'ai l'impression de suivre la progression du médicament dans mon corps, qui enfin se détend après des heures d'excitation.

C'est ma mère qui a insisté pour que je le prenne, sur conseil de notre médecin. Je ne savais pas que ma mère avait ce genre de cachet en réserve à la maison.

Stella m'a raccompagnée à la maison et a appelé ma mère, qui a aussitôt abandonné son travail pour rentrer et être à mes côtés. Elle s'est même allongée avec moi sur le lit pour me consoler et m'aider à me calmer.

Je lui ai raconté tout ce qui s'est passé, enfin, presque tout. Du coup, elle a contacté le proviseur, la psy de l'école et même le père de Thomas.

Thomas a été hospitalisé dans le service psychiatrique pour enfants et adolescents de l'hôpital de Bispebjerg. Des professionnels vont bien s'occuper de lui. C'est du moins ce qu'elle dit.

Son père ignorait que Thomas avait cessé de prendre ses médicaments, ce qui choque ma mère. Pas moi. C'est un genre d'autiste, génie en mathématiques, qui n'a sans doute pas compris ce qui se passait. Ce qui est arrivé à son fils ne peut pas se mettre en équation…

Je revois sans arrêt Thomas, allongé sur le sol, perdu… Et moi qui m'enfuis, comme une voleuse, en tenant la main de Stella. Pourquoi ? Pourquoi ai-je fait ça ?

Je suis si malheureuse, je m'en veux à mort.

C'est moi, moi seule qui ai entraîné Thomas dans ce cauchemar.

Ma mère me caresse la joue en disant :

– Il serait retombé malade de toute façon. Tu comprends, quand des gens atteints de cette maladie arrêtent de prendre leurs médicaments, ils rechutent, c'est inévitable. Tu sais, les psychotiques n'arrivent plus à faire la différence entre la réalité et leur imagination à cause des voix qu'ils entendent dans leur tête. C'est une histoire de chimie, Loulou, c'est pourquoi les médicaments sont si importants.

– Comment est-on sûr de ça ? je demande.

– Loulou, des spécialistes, des professionnels ont fait des recherches pendant des années. Tout ce qui se passe dans notre cerveau relève de la pure chimie !

Si c'est vrai, je trouve que c'est effrayant. Je dois avoir l'air sceptique, car ma mère poursuit :

– On peut scanner le cerveau et voir ce qui ne fonctionne pas chimiquement.

Néanmoins quelque chose dans sa voix m'indique qu'elle s'avance dans un domaine où elle n'est pas très à l'aise. Je lui fais comprendre que je ne suis pas dupe :

– Maman, est-ce qu'on peut voir une pensée dans un scanner ? Ou détecter une voix qui ne devrait pas être dans la tête ?

Elle sourit, mais je devine qu'elle se demande où je veux en venir.

– Non, et pourtant...

Je l'interromps :

– Maman, comment tu expliques qu'avec un téléphone portable, on puisse parler avec des gens dans le monde entier sans qu'aucun fil ni branchement de je ne sais quoi nous relie à eux. Rien que des ondes radio invisibles. À quelle fréquence sont émises ces ondes ?

Elle esquisse un sourire gêné et remonte ses lunettes sur la tête, ce qui fait rebiquer sa frange. Elle a toujours un air débile quand elle met ses lunettes comme ça.

Je prends la télécommande et allume ma petite télé. Ma mère me regarde d'un air étonné. Je poursuis, en passant d'une chaîne à l'autre :

– Qu'est-ce que tu sais sur ces ondes électromagnétiques invisibles qui font que la télévision s'allume quand j'appuie sur ce bouton ? Elle est où, la connexion entre l'appareil et la télécommande ?

– Il y a une explication technologique à ça. Ton père est plus fort que moi dans ce domaine.

Je secoue la tête.

– Tu ne crois pas qu'il existe d'autres énergies, émises sur d'autres fréquences ou d'autres ondes, que seules certaines personnes peuvent capter ?

Elle remet ses lunettes sur le nez et paraît troublée.

– Non, Loulou, je ne crois pas.

– Mais est-ce que tu le *sais* ? A-t-on un scanner pour affirmer ça ?

Elle ne répond pas.

– N'est-ce pas toi qui m'as dit que le jour où grand-mère s'est blessée, tu avais senti quelque chose, juste au moment où elle est tombée ? C'est même pour ça que tu t'es précipitée chez elle. C'était comme si tu avais soudain eu un sixième sens…

Elle se tait, mais ses yeux se remplissent de larmes.

– Il faut que tu te reposes, finit-elle par dire, et que tu arrêtes de penser à toutes ces choses étranges. Ça ne fait que te rendre malade, Loulou. Veux-tu dormir dans notre chambre cette nuit ? demande-t-elle, inquiète.

– Non, merci, mais c'est gentil de proposer.

– Tu es sûre que ce ne serait pas une bonne idée, rien que cette nuit ? insiste-t-elle.

– Non, merci.

Je ne sais pas si c'est l'effet du cachet ou des évènements de la journée, mais je me sens lasse, si lasse...

– Si tu veux quelque chose pour dormir, le médecin a dit qu'il n'y a pas de problème.

– Tu veux dire : un somnifère ?

– Oui, la moitié d'un...

– Honnêtement, maman, le comprimé de sédatif est plus que suffisant.

En effet, je me sens à la fois fatiguée et détachée de tout. Mon épuisement est tel que je ne désire qu'une chose : me laisser aller dans les bras de Morphée. Ne plus penser, ne pas rêver, m'abandonner à un sommeil profond qui m'entraîne loin d'ici. C'est comme si tout mon corps sombrait. Je n'en peux plus.

– Maman, j'aimerais bien dormir maintenant. Seule.

– Tu es sûre ?

– Oui, dis-je en bâillant.

– Bon.

Elle se lève de mon lit et me jette un regard préoccupé.

– Bonne nuit, Loulou. Appelle-moi, si jamais il y a quelque chose…

Je suis déjà en train de m'endormir…

La dernière image dont j'ai conscience, c'est Thomas. Non pas plaqué et maintenu au sol dans la cour de l'école, mais assis sur le banc avec son bras autour de mon épaule. Ses yeux, son nez, ses lèvres qui se penchent vers les miennes…

Je suis traversée par un frisson.

25

La première nuit, je dors quatorze heures d'une traite. On pourrait croire que cela a rechargé mes batteries. Mais non. Quand je me réveille, je suis aussi fatiguée que lorsque mes paupières se sont fermées.

J'ouvre les yeux avec un gros chagrin et une mauvaise conscience abominable.

Et ça continue les jours suivants.

La nuit, je dors dans ma chambre. Je dis bien « dormir », car il ne se passe rien du tout. Aucune visite nocturne surnaturelle. Rosa a disparu. J'ai presque réussi à me persuader qu'elle n'a jamais existé. Elle n'était que le fruit de mon imagination… et de la psychose de Thomas.

Le jour, je traîne ma tristesse partout, rongée par la culpabilité.

J'ai beau dormir comme un loir, je suis en permanence fatiguée. Au bout du rouleau. Je n'ai qu'une envie :

dormir et encore dormir. Prendre n'importe quelle petite pilule pour sombrer dans un sommeil sans rêves, sans cauchemars. M'enfoncer dans un néant sans fond.

Je dors, je mange, je vais à l'école, j'essaie de faire des maths et de l'allemand, je souris aux blagues de Stella, mais tout glisse sur moi. Je ne ressens rien. Je me sens vide. Aujourd'hui, Hassan s'est retourné en cours et m'a souri, mais ça ne m'a rien fait, je n'ai rien ressenti du tout. Je n'ai même pas eu la force de lui sourire à mon tour. D'ailleurs, peut-être qu'il avait juste pitié de moi.

Je ne suis ni triste ni gaie, je trimballe mon corps sans être vraiment là.

Je suis allée voir la psychologue de l'école. Se retrouver face à une parfaite étrangère et déballer des trucs privés, très peu pour moi... D'accord, elle est gentille, ce n'est pas le problème, mais je me suis sentie idiote quand j'ai franchi sa porte. Je me suis imaginé que tous les regards étaient braqués sur moi et qu'on me surnommait « Loulou la Débile », ou peut-être même « Loulou la Barjo » ?

D'ailleurs, que pense réellement la psy de moi ? Est-ce qu'elle me croit dingue, elle aussi ?

Elle prétend qu'elle est liée par le secret professionnel. Que tout ce que je lui dirai restera entre nous. Mais puis-je lui faire confiance ?

Je ne lui raconte pas grand-chose. Je ne la connais pas, ça me gêne de lui parler comme ça, les yeux dans les yeux.

J'ai déjà tout raconté – ou presque – à ma mère. C'est-à-dire tout sauf l'épisode chez Ruth. Je trouve que ça ne la regarde pas. Ou disons que je n'ai pas envie que Ruth ait des problèmes à cause de moi. Donc, mieux vaut ne pas prononcer son nom. Je n'ai pas non plus parlé à ma mère de cette boule dans l'estomac, quand Thomas me regarde d'une certaine façon.

Il me manque. Je pense à lui tout le temps. Je n'ai pas le droit de lui rendre visite.

– Il est beaucoup trop psychotique, dit la psy de l'école quand je lui pose la question.

Et, quand je lui demande ce que cela signifie, elle hausse les épaules et répète qu'elle est liée par le secret professionnel.

Je regarde donc sur internet toutes les différentes maladies mentales qui existent. Pour ce qui est de la psychose, je trouve sur Wikipédia :

« Psychose (du mot grec ψυχή, *psychè* – esprit/âme –, et -ωσις, – *ôsis* – anomalie) : désigne un état de santé mentale jugé anormal. C'est un terme générique psychiatrique et psychanalytique, évoquant le plus souvent une perte de contact avec la réalité chez le sujet. »

Il est aussi écrit que la psychose est un concept psychiatrique utilisé pour « caractériser une forme classique mais sévère de troubles mentaux, durant lesquels des hallucinations ou des illusions peuvent apparaître ». Autrement dit, on est psychotique si on développe une paranoïa ou si on entend des voix. Quelqu'un de psychotique peut avoir des crises de type schizophrénique, par exemple. Il arrive qu'une psychose surgisse brusquement ou qu'elle s'installe petit à petit. Les symptômes les plus courants consistent en des hallucinations, des troubles de la pensée, des changements d'humeur et un déni de la maladie.

Je me rends bien compte que la plupart de ces symptômes correspondent bien à ceux dont souffre Thomas. Mais moi aussi, j'en ai certains... Je veux dire : moi aussi, je perds parfois contact avec la réalité et j'ai l'humeur très changeante. Sans parler de mes hallucinations...

Je ne suis qu'une adolescente en pleine « crise existentielle », paraît-il. Je n'ai pas à m'inquiéter. Alors pourquoi n'est-ce pas la même chose pour Thomas ? Parce que ça se manifeste de façon plus violente chez lui ? Il n'a pas de mère à qui se confier, lui... Ça m'a soulagée de tout raconter à la mienne ! Thomas n'a qu'un geek de père, sans doute capable de démontrer le théorème de Pythagore dans son sommeil, mais qui ne doit pas savoir épeler le mot « sentiment ». Enfin, à mon avis.

Parfois, je ne sais pas ce qui vaut mieux. Être un vrai psychotique avec des hallucinations incroyables ou être comme moi, un zombie terne et insensible, qui traîne lamentablement sa carcasse, jour après jour ?

Je sais bien que j'avais peur du temps où Rosa m'apparaissait dans mon imagination… et où Thomas faisait partie de ma vie. À présent que tous ces phénomènes étranges ont disparu, la vie a aussi perdu sa saveur. Même Hassan m'est indifférent. Je peux regarder sa nuque pendant des heures et ça ne me fait ni chaud ni froid.

Je n'ai qu'une envie : rentrer chez moi et dormir. Ne plus penser.

Ah ! comme j'aimerais voir une lumière au bout de ce tunnel. Parce que, si ma vie doit continuer comme ça, je ne suis pas sûre d'avoir le courage de rester…

26

– *Carpe diem, Carpe diem !*

Je me réveille au son du gazouillis de Welly. C'est du moins ce que je crois. Il est très tôt, un rayon de soleil perce à travers les rideaux épais, que j'ai pourtant bien tirés.

Ai-je vraiment entendu la voix de Welly ou ai-je seulement rêvé ? Je me frotte les yeux, la cage est toujours vide. Je retiens ma respiration et tends l'oreille. Rien. Je perçois faiblement la circulation matinale en bas dans la rue et le bruit d'une chasse d'eau provenant d'un des étages supérieurs. L'eau qui coule dans les canalisations. Puis retour au calme.

N'était-ce qu'un rêve ? J'ai beau tendre l'oreille, rien.

Je me lève et vais vers la fenêtre. J'écarte les rideaux et je vois un oiseau s'envoler. Serait-ce Welly ? Non, cet oiseau était beaucoup plus gros – enfin, je crois. Cela fait longtemps maintenant que Welly est parti. Il doit être mort depuis belle lurette. Il n'avait aucune chance de s'en tirer seul dans la nature, dans le monde cruel du dehors. Je frissonne.

Je l'entends à nouveau, ce son. Une voix qui murmure quelque chose d'incompréhensible. Welly ? Non, ce n'est pas la voix de mon oiseau… D'où vient-elle alors ? De la chambre de Julia ?

Je me faufile jusqu'à sa porte. Elle y a affiché un poster nul avec l'équipe de foot d'Italie. Et au-dessus, en biais, elle a écrit « Forza Italia » de son écriture maladroite d'enfant. Je colle l'oreille à sa porte : pas un son. J'ouvre sans bruit. Elle ronfle tout doucement, elle a donné des coups de pied dans sa couette, qui se retrouve au pied du lit. Elle dort dans le maillot de foot de l'équipe d'Italie que mon père lui a donné quand son pays d'origine a gagné la Coupe du monde. Il est d'une laideur ! Mais ma sœur, elle, n'est jamais laide.

Elle est si mignonne quand elle dort. On dirait un ange.

Je m'approche de son lit, sa respiration est un peu saccadée. Je ne peux m'empêcher de remonter la couette sur elle et de bien l'envelopper dedans. Je la regarde dormir. Elle est vraiment adorable. Je caresse avec l'index l'arête de son nez et me souviens comme elle riait aux éclats quand je lui chantais une comptine sur les différentes parties du visage.

J'ai un choc quand elle me saisit soudain le poignet. Elle se redresse à moitié dans le lit, me regarde avec ses yeux écarquillés et dit :

– *Carpe diem*, Loulou !

– Quoi ?

Elle garde les yeux ouverts à peine une fraction de seconde avant de lâcher mon poignet, de s'allonger de nouveau et de se rendormir.

– Julia ?

Elle ne répond pas.

– Julia, tu fais semblant de dormir ?

Toujours pas de réponse. Elle me tourne le dos, fait ses petits bruits de succion et s'enfonce dans le sommeil.

Je soupire à haute voix et chuchote :

– Tu es quand même une drôle de petite fille.

Elle dort profondément.

Alors je retourne dans ma chambre, incapable de dormir, et m'installe près de la fenêtre.

Et, pendant que j'observe le lever du jour et les premiers signes du printemps, je sens qu'il se passe quelque chose en moi. Une lueur de joie et d'espoir.

Carpe diem. Est-ce la voie que je dois suivre ? Cueillir le jour ? Le soleil brille !

27

– Ah, ça fait plaisir de voir que tu as retrouvé l'appétit ! dit ma mère alors que je prends un deuxième petit pain bio.

Elle a laissé tomber les smoothies acides. Je me rends compte qu'il vaut mieux que je tempère ma gaieté et mon appétit, si je ne veux pas éveiller ses soupçons. Car j'ai fomenté un plan, et pour ça il faut que je voie Thomas, absolument.

Ma mère me couve des yeux. Elle est trop contente que je remonte la pente. Elle ferait une autre tête si elle connaissait mes projets, maintenant que j'ai recouvré un peu de forces.

Il s'agit de rester discrète.

Je fais donc une grimace de douleur, je soupire bien fort, je repose le pain sur l'assiette et je vais aux toilettes.

– Loulou, ça va ?

Je ne réponds pas. Pour des raisons tactiques. En fait je vais tout à fait bien.

Je commence les cours à neuf heures aujourd'hui, malheureusement Julia aussi, alors on va ensemble à l'école. Sans se parler. Quand on est arrivées, je trouve un prétexte.

– Oh ! j'ai oublié mon devoir de physique à la maison.

– T'avais pas de devoir de physique !

– Si. T'as qu'à entrer, je fais vite demi-tour pour aller le chercher.

– Comme tu veux, Loulou…

Elle m'a percée à jour. Elle n'est pas bête, ma petite sœur. Elle a bien compris que je veux lui fausser compagnie.

– Allez, je sais ce que tu vas faire, Loulou. *Good luck !*

Et elle entre dans la cour de l'école.

Tandis que je m'éloigne sur le trottoir, j'entends sa voix qui me lance :

– Fais attention à toi, Loulou !

En descendant du bus, je commence à avoir la trouille, et, au moment précis où j'arrive devant l'hôpital de Bispebjerg, un nuage cache le soleil. Faut-il y voir un signe ? Je sais que ce n'est pas le moment de douter, si je veux aller au bout de mon plan. Mais j'espère quoi, au juste ?

Entrer dans le service psychiatrique pour enfants et adolescents et parler à Thomas ? Ça ne sera sans doute pas aussi simple.

Je n'ai aucune idée de la manière dont fonctionne une unité psychiatrique. Y a-t-il des barreaux aux fenêtres, Thomas est-il enfermé dans une pièce, attaché à un lit avec des sangles aux mains et aux pieds, peut-être avec des électrodes sur tout le corps dans l'attente d'un électrochoc ? On ne pratique plus la lobotomie, je crois – enfin, j'espère !

Je ne sais même pas où se trouve ce service. Cet hôpital rappelle celui de Frederiksberg, en plus grand. De vieux bâtiments entourent un parc immense. C'est beau, mais pour se repérer ce n'est pas évident. Je mets au moins vingt minutes avant de trouver l'accueil de l'hôpital. Pourquoi n'est-il pas derrière l'entrée principale ? Mystère. Quant aux panneaux, ils sont assez farfelus – à moins que ce soit moi qui aie un sérieux problème d'orientation. Bon, je finis quand même par tomber sur l'accueil, bien caché dans l'angle d'un petit bâtiment affreux qui abrite aussi un relais. Apparemment je suis la seule à l'avoir déniché. Une femme aux cheveux courts, teints au henné, avec les lunettes assorties, est assise de l'autre côté du comptoir. Elle n'a pas l'air commode. Elle est au téléphone et ne m'accorde pas un regard.

J'attends quelques minutes, puis rassemble tout mon courage et déclare avec autant d'aplomb que possible :

– Excusez-moi, j'aimerais rendre visite à un certain Thomas Klimko. Pourriez-vous me dire où il est ?

– Un moment, s'il vous plaît, dit-elle en continuant sa conversation, qui a l'air d'ordre privé.

Elle examine ses ongles rouges vernis, en parlant d'une rencontre sur internet. C'est du moins ce que je parviens à comprendre. C'est plutôt énervant ! Mais je suis obligée de prendre mon mal en patience. Quand ils voient une adolescente un peu paumée, les adultes ont tendance à faire comme si elle n'existait pas. Je ne suis pas quand même invisible !

Je m'éclaircis la voix, alors elle me fait signe qu'elle est occupée.

Il ne faut pas exagérer quand même !

– Excusez-moi, madame, mais…

– Qu'est-ce qu'il y a ? dit-elle, agacée, en posant le téléphone sur la table.

– Je voudrais rendre visite à un certain Thomas Klimko. Pourriez-vous m'indiquer dans quel bâtiment il se trouve ? je demande en prenant une voix très assurée.

– Épelez-moi son nom de famille, ordonne-t-elle d'un ton indifférent avant de mordre dans un cookie.

Elle en a tout un paquet devant elle. Elle mâchouille.

– K-L-I-M-K-O.

Elle tape le nom sur l'ordinateur.

– Je ne sais pas si c'est lui, mais j'ai un Thomas Klimko hospitalisé en B104.

– Super, merci, dis-je en essayant d'avoir l'air gentille.

Comme s'il y avait plusieurs Thomas Klimko dans le monde !

Elle avale son morceau de cookie et me regarde.

– Ah, mais vous ne pouvez pas le voir. Les visites ne sont autorisées que le mardi et le week-end. Et seul son père a le droit de visite. C'est marqué ici.

– Pourquoi ça ?

Elle enlève ses lunettes rouges et les pointe vers moi. Elle a de petits yeux perçants de cochon.

– Parce que ! Thomas Klimko est interné en « service fermé ». Il faut avoir une autorisation spéciale pour entrer là-bas.

– J'en ai une, je rétorque tout en me rendant compte que j'aurais mieux fait de me taire.

– Ah bon ?

Elle secoue la tête.

– Mais je ne l'ai pas sur moi...

C'est tellement gros que ça sonne faux à mes propres oreilles.

– De toute façon, les *enfants* ne sont pas admis, ajoute-t-elle d'un ton las en attrapant un autre cookie.

Et toc ! Prends-toi ça dans les dents !

Je ne sais que répondre, alors je balbutie un vague :

– Merci, merci pour tout.

– De rien, souffle-t-elle en reprenant aussitôt sa conversation interrompue.

C'est insupportable de savoir Thomas enfermé ici, sans pouvoir l'approcher. C'est vraiment trop frustrant.

Je sens l'énergie positive de ce matin m'abandonner peu à peu.

Je veux le voir, je le veux !

Il me faut encore vingt minutes pour faire le tour des bâtiments. Je n'ai jamais vu un tel dédale ! Le B104 et tout le service psychiatrique pour enfants et adolescents sont situés presque en dehors de l'hôpital, dans de nouveaux bâtiments dont l'accès est plus difficile.

Je trouve enfin une porte où est marqué « B104 » et, évidemment, elle est fermée. J'appuie sur la sonnette.

J'attends longtemps avant qu'une femme aux cheveux gris, coupés au carré, ouvre la porte et me regarde, surprise.

– Oui ?

– Excusez-moi, je voudrais parler à Thomas Klimko, c'est super important.

Elle sourit aimablement, ses yeux sont chaleureux, mais…

– Je ne crois pas que ce soit possible.

– Ah bon, pourtant…

Nouveau sourire gentil, mais ferme.

– Ce n'est pas possible, je suis désolée.

– C'est important, oh, s'il vous plaît !

Elle secoue la tête, et sa décision paraît irrévocable.

– Vous savez, il n'est pas en état d'avoir de la visite…

– Est-ce qu'il va mieux ? je l'interromps, car je sens que ma démarche est vouée à l'échec.

Elle se tait.

– Oui ou non ? je répète.

– Je n'ai pas à vous répondre.

– S'il vous plaît, si vous saviez ce que ça signifie pour moi…

Elle hoche la tête et chuchote :

– Oui, il va mieux.

– Est-ce que vous pouvez lui dire que Loulou est passée et que je regrette tout ce qui est arrivé ? S'il vous plaît !

Elle me regarde et secoue la tête en souriant.

– Oui, vraiment… tout ! je murmure.

Elle m'observe en silence, puis dit :

– Je verrai ce que je peux faire.

– Merci, merci infiniment.

– Je vous en prie. Passez une bonne journée, dit-elle en refermant doucement la porte.

Je reste un moment devant la porte close.

Elle avait l'air compréhensive, mais transmettra-t-elle mon message à Thomas ? Est-ce que ma venue servira à quelque chose ? *Carpe diem*… Ce que je peux être naïve !

Est-ce que Ruth pourrait m'aider ?

28

Avec le bus 69, on arrive en un rien de temps à la Gladsaxevej, qui mériterait sans conteste le titre de rue la plus ennuyeuse du Danemark.

Soudain les bâtiments apparaissent, gigantesques.

Cinq tours se dressent, majestueuses. Elles surplombent la commune de Gladsaxe, comme si elle leur appartenait, oui, comme si toute la région était à elles. Elles s'imposent de manière, disons, un peu brutale.

J'ai la main qui tremble légèrement quand j'appuie sur le bouton d'arrêt du bus.

Est-ce une bonne idée de rendre visite à Ruth ? Je n'en sais rien, mais je ne vois pas d'autre possibilité.

Dans la rue, je croise un vieux drogué, assis dans une sorte de chaise motorisée. Il est en train de vider une bière, quand j'effleure son bras.

– Hé, tu peux pas faire attention !

– Pardon, je vous demande pardon, dis-je, confuse.

Il me décoche un sourire édenté.

– C'est bon, mais je vous ai déjà vues, toutes les deux, non ?

Toutes les deux ? Il a dit « toutes les deux ».

Je ne réponds rien et continue mon chemin. J'arrive à la tour de Ruth, la numéro 5, qui jouxte le centre commercial. Je prends une grande inspiration puis je m'engouffre dans l'ascenseur qui pue et j'appuie sur le bouton pour aller au dixième étage. Il y a une violente secousse quand l'ascenseur se met en marche. Sur la paroi, quelqu'un a écrit :

« Il n'y a que deux façons de vivre sa vie : l'une en faisant comme si rien n'était un miracle, l'autre en faisant comme si tout était un miracle. »

J'aimerais bien vivre selon la dernière option, mais je ne suis pas sûre d'en être capable. Au fait, ce ne serait pas une citation d'Albert Einstein ?

Une fois devant la porte de Ruth, je rassemble tout mon courage avant de sonner. Je suis à deux doigts de renoncer. J'en ai tellement marre de cette histoire.

Je me ressaisis, me répète « *Carpe diem* » pour me donner du courage et appuie à fond sur la sonnette. Je reconnais la mélodie de *Mission impossible*.

Il ne se passe rien. Je colle une oreille à la porte. Rien. Je commence à craindre que Ruth ne soit pas chez elle.

Je sonne une nouvelle fois et j'entends vaguement un bruit à l'intérieur, puis des pas traînants qui approchent.

Elle a l'air de tomber des nues quand elle ouvre. Elle a mis la chaîne de sécurité, alors seul son petit visage fripé apparaît dans l'embrasure. Elle semble ne pas me reconnaître, comme si elle voyait un fantôme (ha ! ha !). Elle en a mis du temps à ouvrir la porte !

– Une aide ménagère est déjà venue ce matin, affirme-t-elle en me jetant un regard soupçonneux.

Ses yeux sont embués de larmes.

Je me lance :

– Bonjour, Ruth, vous ne me reconnaissez pas ?

Elle plisse les yeux, secoue la tête.

– Je suis Loulou, je suis venue pour vous demander de m'aider à...

Elle m'interrompt :

– Trouve donc un moyen honnête de gagner de l'argent, espèce de petite garce !

– Je ne comprends pas, dis-je, décontenancée.

– Tu sais parfaitement de quoi je parle ! La semaine dernière, une de tes « collègues » m'a volé le peu d'argent liquide que j'avais. Alors je ne veux plus voir personne, c'est compris ! C'est pas la peine de revenir !

Et, avant que j'aie pu m'expliquer davantage, elle a refermé la porte.

Je reste plantée là. Qu'est-ce qui vient de se passer ?

– Ça sert à rien de rester, tu sais, je te vois et j'ai ton signalement bien en tête !

Elle ne cesse de m'observer à travers le judas.

– Mon fils peut arriver d'une minute à l'autre, et il est déjà furieux de ce qui est arrivé la semaine dernière. Je te préviens, il est membre des *Hells Angels* !

Je comprends enfin… Elle me prend pour une voleuse !

Je me rapproche de la porte et crie :

– Je suis Loulou, on s'est déjà rencontrées. Je suis ici à cause de Thomas. Il est devenu complètement fou, Ruth !

– Comment ça, fou ?

Elle a dû s'agenouiller, car sa voix me parvient à travers la fente pour le courrier. Alors je m'accroupis à mon tour, je pousse le battant en métal et annonce :

– On l'a interné de nouveau. À Bispebjerg. En service fermé !

– Oh, non ! gémit-elle. Je le savais !

J'entends qu'elle a du mal à se relever. Puis elle retire la chaîne de sécurité en poussant un juron et ouvre enfin la porte.

– Entre, mon enfant, entre donc !

29

Je me retrouve dans le vieux canapé de Ruth, enveloppée d'un nuage de fumée de cigarettes menthol. Je lui ai tout raconté, elle n'a pas encore dit un mot. Elle regarde fixement devant elle, une cigarette entre les doigts. Elle est si tendue qu'elle a oublié de la fumer, la cendre fait plusieurs centimètres de long et va tomber, d'un instant à l'autre, sur sa jupe déjà tachée. La même que la dernière fois, d'ailleurs.

Je la laisse réfléchir à ce que je viens de lui annoncer. Bouleversée, elle marmonne :

– C'est de ma faute… Je le savais… Il n'aurait jamais dû les laisser entrer une nouvelle fois…

Puis elle prend une bouffée de sa cigarette.

– Ce n'est pas de votre faute, je tente d'objecter, mais c'est comme si elle ne me voyait plus.

– Je croyais qu'il arriverait à garder le contrôle… Je lui ai appris comment faire… Il faut dire que c'est très difficile, poursuit-elle en se parlant à elle-même. Si tu savais comme je tiens à ce garçon !

Je hoche la tête. C'est bien pour ça que je suis ici.

– Il est presque comme un fils pour moi, ajoute-t-elle, les larmes aux yeux et la mâchoire tremblante.

– Ruth, qu'est-ce qu'on fait ?

– Laisse-moi me concentrer, mon enfant, demande-t-elle en se calant dans le canapé.

Je crains de devoir encore assister à une séance et l'écouter parler suédois. Je me sens tout sauf à l'aise dans ce salon.

Elle ferme les yeux et reste immobile, comme si elle s'était endormie. Je lui prends sa cigarette et l'écrase dans le cendrier. Elle ne réagit pas. Le silence est total, à part le tic-tac d'une horloge. Je remarque un vieux coucou, accroché au mur près de la fenêtre. Il est en plastique et représente un chalet suisse, avec deux grosses pommes de pin en dessous.

Le temps paraît s'être immobilisé et j'entends la respiration rauque de Ruth.

– Je n'arrive pas à établir le contact. C'est vide !

Elle ouvre les yeux et fait un geste d'impuissance.

– Rien ! Il ne se passe rien !

– Je ne comprends pas bien…

– Il n'y a rien que je puisse faire entrer : cela veut dire que Thomas a pris ton esprit tourmenteur avec lui. Je ne vois pas d'autre explication…

Elle soupire.

– Ruth, qu'est-ce qui arrive à Thomas ? Je suis venue te demander de l'aider !

– Que veux-tu que je fasse ? Je viens de te dire que l'espace est vide.

Je ne peux pas envisager d'en rester là. C'est Ruth qui affirme que Thomas ne supporte pas d'être interné. C'est elle qui l'a aidé dans le passé, alors elle peut forcément faire un truc, elle doit avoir un début de solution. N'importe lequel…

– Mais il y a quand même sûrement un moyen de l'aider, je souffle d'une voix étranglée.

Elle secoue la tête.

J'ai l'impression de sentir le sang couler dans mes veines. Je suis à deux doigts d'exploser.

– Vous êtes sa conseillère parapsychologique, oui ou non ?

Elle se contente de me regarder fixement.

– C'est maintenant qu'il a besoin de vos conseils, Ruth. Alors, vous conseillez quoi ?

– Rien.

– RIEN ?

Je suis furieuse.

Elle secoue la tête et tend la main vers sa corbeille orange remplie de médicaments.

Je la lui arrache des mains.

– Je crois que vous en avez pris assez ! je m'écrie.

Elle a un mouvement de recul.

– Vous devez bien avoir une idée ! Je ne sais pas, moi, un truc de télépathie, de voyance, de spiritisme, un truc pour qu'il ne soit pas seul, quoi !

Toujours ce même non de la tête.

– Je suis impuissante tant qu'il est pris en charge par la psychiatrie.

– Au fond, quels sont vos dons, hein ? *Rosita !*

– On ne peut pas toujours faire ce qu'on veut...

– Vous, personnellement, il ne vous est jamais arrivé quoi que ce soit ?

Je parle trop fort, je crie presque. Mais je me sens trahie. Je me retiens de la gifler pour la faire réagir.

– Est-ce que vous mesurez votre responsabilité ? Il compte sur vous, lui ! Vous lui avez fait ouvrir la porte à ces esprits, il a cessé de prendre ses médicaments et maintenant regardez où il en est ! À la case départ ! Et tout ça, à cause de vous !

Elle ne bouge pas, mais je vois bien qu'elle est anéantie par la culpabilité.

– Si tu savais comme je m'en veux, Loulou, crois-moi...

– Eh bien, t'as qu'à prendre une petite pilule de bonheur !

Ma voix se brise et je lui jette la corbeille sur les genoux, en fondant en larmes. Je n'en peux plus.

– Je croyais qu'il arriverait à mieux maîtriser ça, chuchote-t-elle.

– *Croyais ?* Si on croit, on n'a qu'à aller à l'église, Ruth !

Elle hoche la tête.

Elle a les larmes aux yeux. Je lui tapote la main. C'est difficile de s'emporter franchement contre quelqu'un qui a l'air aussi perdu. On ne frappe pas un ennemi à terre…

– Allez, allez, Ruth.

– Je m'en veux tellement, répète-t-elle.

– Moi aussi.

– Je l'aime tant, ce gamin…

Puis elle tombe dans une rêverie.

– Je vais me débrouiller toute seule, Ruth, dis-je en me levant.

Elle ne répond pas. Elle se contente de me regarder de ses yeux voilés.

– Je crois que vous feriez mieux de laisser cette corbeille de côté, Ruth.

Elle acquiesce faiblement et prend son jeu de tarots.

– Je vais essayer de me concentrer et de lui envoyer des ondes positives, ça l'a aidé dans le passé, explique-t-elle.

Si ça l'amuse…

Je sors. Au moment de refermer la porte, elle me crie :

– Loulou !

– Oui, quoi ?

– Mes cartes disent que tout finira par s'arranger. Tu pourras voir Thomas plus tôt que tu ne penses.

– Oui, c'est ça, Rosita ! je lance en claquant la porte.

Dans le bus du retour, je suis effondrée. Je n'ai plus une once d'énergie dans le corps.

Il me manque, il me manque, il me manque.

30

Je retombe dans mon état de zombie. Je dors tout ce que je peux et, quand je suis réveillée, j'ai l'impression de vivre dans un film au ralenti. Je mange sans aucun appétit, je vais à l'école, je rentre et je dors, je parle un peu avec ma famille, regarde distraitement la télévision, dors, ne fais que dormir… Ma vie est comme une chaîne de télévision qui diffuserait éternellement le même programme en boucle.

Je suis dans mon lit et je pense à Thomas. Qu'est-ce qui lui arrive à cet instant précis ? Ah, si seulement j'avais des dons en télépathie ! Qu'est-ce qu'ils lui font ? Est-ce qu'on lui a dit que j'étais passée ?

Ils lui ont pris son téléphone portable, évidemment. Et il n'a pas accès à un ordinateur, alors comment entrer en contact avec lui ?

Je voudrais dormir, mais je n'y arrive plus. J'ai dormi tout mon soûl.

On est samedi et une odeur de gigot d'agneau à l'ail me parvient de la cuisine. Je sais que les parents font ça pour moi. Je pense qu'ils ont aussi acheté de la glace chez l'Italien dans la Gammel Kongevej. Au tiramisu, car c'est celle que je préfère.

J'ai tellement mauvaise conscience. Ma famille se met en quatre pour moi, et c'est tout juste si j'arrive à sourire.

Julia a posé un sac rempli de pièces de dix couronnes sur mon lit avec un petit mot :

« Pardon, je t'ai fait du chantage. Je ne veux pas cet argent. S'il te plaît, redeviens comme avant, *ti amo*, 1 000 baisers,

Julia »

Je suis très touchée. Je la remercierai plus tard.

Je feuillette un livre pour enfants de Lisbeth Werner, il me tombe rapidement des mains.

Je branche mon iPod, mais je n'ai pas le courage d'écouter de la musique. Même pas Fabrizio Moro, que j'aime pourtant bien d'habitude. J'allume ma télé du siècle dernier – au sens propre du terme. On passe la série *Friends*. Ross va se marier avec une Anglaise insupportable, Rachel est malheureuse... Je regarde d'un œil, j'ai la tête ailleurs.

J'éteins, je regarde la tache au plafond.

Mon téléphone bipe. J'ai reçu un message. À quoi bon le lire ? C'est certainement Stella qui me demande de venir à la fête du lycée.

D'ailleurs, mon portable est par terre et je n'ai pas la force de bouger.

J'ai répété mille fois que je n'ai pas envie d'aller à cette fête. Ma mère est encore revenue à la charge, mais je n'ai pas cédé. Je n'ai vraiment pas la tête à m'amuser.

Encore un SMS. Et puis un autre.

Je tends ma main droite hors du lit, tâtonne sur le sol pour trouver mon portable.

Trois messages s'affichent avec le même texte :

« Eva Elvekilde est la clé. Ne pas répondre à ce SMS. »

« Eva Elvekilde est la clé. Ne pas répondre à ce SMS. »

« Eva Elvekilde est la clé. Ne pas répondre à ce SMS. »

Je ne connais pas le numéro d'où viennent ces trois textos.

31

Qui est Eva Elvekilde ? De quelle énigme est-elle la clé ?

Je me suis redressée dans mon lit et mes pensées vont dans tous les sens. Qui m'a envoyé ces SMS ? Thomas ? Est-ce que ce serait Thomas ? Mais pourquoi n'a-t-il écrit que ça ?

Je reste là, mon portable à la main, attendant désespérément d'autres textos.

Il n'en vient pas d'autre. Je n'ose pas appeler le numéro qui s'affiche.

Je vais sur l'ordi et tape « Eva Elvekilde », mais je ne trouve rien sur elle. Je consulte l'annuaire inversé pour savoir à qui appartient ce numéro. Ah, ces messages ont été envoyés du portable du père de Thomas ! J'ai une envie folle de l'appeler, mais je sais que ce n'est pas une bonne idée.

Je fais une autre recherche sur l'annuaire normal et découvre qu'il existe une Eva Elvekilde à Frederiksberg, dans l'avenue Pile. Et alors, je suis censée lui dire quoi, à cette femme ?

Incapable de rester tranquille, je vais dans la salle de bains et je me passe de l'eau sur le visage. Il s'agit d'avoir les idées claires. Qu'est-ce que Thomas attend de moi ?

Je me regarde dans la glace. Quelle tête de déterrée ! J'ai l'air fatiguée et malade, je suis pâle comme un linge, et j'ai des cernes profonds, même si je n'ai fait que dormir ces dernières semaines. Mes lèvres sont sèches. Mes cheveux, tout emmêlés.

Je me mets un peu de baume sur les lèvres, me brosse les cheveux et les attache en queue-de-cheval, me lave les dents, mets du déodorant et un peu de parfum de ma mère.

Ça aide.

Puis j'entends un nouveau bip. Mon portable est dans ma chambre, mais c'est un son que je reconnaîtrais à dix kilomètres !

Je me précipite hors de la salle de bains et manque de renverser mon père, qui s'écrie :

– Hé, fais un peu attention ! avant de décocher un grand sourire, trop heureux de voir que je me bouge un peu.

Une fois dans ma chambre, je referme bien la porte et cherche mon portable. Je finis par le trouver derrière l'ordinateur et lis le message suivant :

« Viens chez moi. MAINTENANT. Pas de temps à perdre. NE PASSE PAS par la porte d'entrée, entre par la fenêtre de la cave. Fais attention que personne ne te voie. NE RÉPONDS PAS à ce message ! »

Thomas.

Thomas ! Est-ce qu'il s'est échappé ? Est-il dangereux ?

Soudain, j'ai le souffle court. Mon cœur bat à tout rompre, mes mains tremblent. Je suis obligée de m'asseoir sur le lit pour me ressaisir. J'enfouis mon visage dans mes mains, tout en essayant de rassembler mes pensées. Je me balance un peu d'avant en arrière, et inspire profondément. Le cerveau a besoin de beaucoup d'oxygène pour bien fonctionner.

Il me faut dix secondes pour prendre ma décision. Bien sûr que je vais y aller. Et sur-le-champ !

Je me secoue, j'ouvre la porte, mets les mains dans mes poches pour qu'on ne voie pas à quel point je tremble et je vais dans la cuisine, où ma mère débouche une bouteille de vin et mon père surveille le four.

– Ça ne vous embête pas si, finalement, je rejoins Stella à la fête ?

Tous deux me regardent, étonnés.

– C'est une très bonne idée, mais tu ne veux pas manger un morceau d'abord ? suggère ma mère.

Je secoue la tête.

– Il y aura plein de trucs à grignoter là-bas, ils ont commandé des pizzas et tout. Je suis désolée, vous avez préparé un gigot…

– Non, non, s'empressent-ils de dire d'une seule voix.

Et ma mère poursuit :

– Nous sommes contents que tu recommences à sortir un peu.

– Dans ce cas, j'y vais.

– Ça te va bien, cette queue-de-cheval, commente mon père, un peu gêné.

– Merci.

Il a l'air tout embarrassé. Ce n'est pas son genre de faire ce type de compliment.

– Tu comptes rentrer vers quelle heure ? demande ma mère.

– Euh, la fête se termine à minuit.

– Tu veux que ton père vienne te chercher ?

– Pas la peine. Je rentrerai avec Stella et les autres de la classe, dis-je en faisant les lacets de mes Converse.

Puis j'enfile ma veste et ouvre la porte d'entrée.

Ma mère me rattrape en courant.

– Passe une bonne soirée, Loulou ! Et fais attention à toi.

Sur ce, elle m'embrasse sur le front. Elle sent l'ail. Et le vin rouge.

– À plus tard. Envoie-nous un SMS quand tu seras là-bas, ma chérie.

Je n'aime pas trop qu'elle m'appelle « ma chérie », mais je ne dis rien et dévale l'escalier.

– Oui, maman. À plus !

32

C'est le crépuscule quand je sors dans la rue. Le moment où le jour bascule vers la nuit. Il y a une lumière fantastique dans l'avenue Frederiksberg. Le ciel est bleu foncé, avec une lueur rouge derrière des nuages blancs et moutonneux qui jouent à cache-cache avec la pleine lune. C'est le genre de spectacle qui semble arrêter le fil du temps. Même les voitures paraissent se fondre dans la pénombre et roulent sans faire de bruit.

Il fait à la fois chaud et froid. Je frissonne un peu dans ma veste légère.

Puis je me mets à courir. Je détourne les yeux en passant devant le monument à la mémoire de la religieuse et des enfants de l'École française.

En approchant de chez Thomas, je sens mon cœur s'affoler et mes mains devenir moites. Sa maison s'étend comme une grande ombre éclairée par les rougeurs du soleil couchant. Il n'y a aucune lumière à l'intérieur, les tristes rideaux verts sont tirés derrière toutes les fenêtres du premier étage.

J'inspire profondément et me faufile dans le jardin. La vieille voiture me fait peur tout à coup, masse sombre tapie à l'avant du jardin. Un chat noir bondit à l'intérieur à travers une vitre cassée.

Je tremble. Je n'ai aucune idée de l'état dans lequel je vais retrouver Thomas dans la cave. Là aussi, il fait noir comme dans un four. Est-ce qu'il n'est pas fou furieux ? Est-ce qu'il m'attend avec une hache ou un fusil de chasse, prêt à se venger de ma trahison dans la cour de l'école ? Et d'abord, est-ce qu'il est là ? Et si je rentrais à la maison ? Le gigot d'agneau doit être cuit, archicuit maintenant.

Je m'approche à pas de loup de la fenêtre de la cave. M'agenouille et essaie de regarder à l'intérieur. Les rideaux sont tirés et la lumière n'est pas allumée. Je devine une bougie dont la flamme vacille sur le bureau de Thomas. J'écoute, mais je n'entends rien. Soudain je sens quelque chose qui caresse mon bras. Je tressaille et manque de pousser un cri en me retrouvant nez à nez avec le chat noir de tout à l'heure. Ses yeux jaunes me fixent, puis il feule et, instinctivement, j'essaie de le chasser d'un geste. Il me griffe la main, ça fait mal. Je crie à mon tour, ce qui fait fuir le chat.

Je respire, soulagée. Au même moment, la fenêtre de la cave s'ouvre. J'ai juste le temps de reculer pour ne pas recevoir la vitre en pleine figure, une grande main m'attrape le poignet.

Elle me serre trop fort et j'essaie de me dégager. J'ai peur. Mon instinct me dit que je ferais mieux de déguerpir.

– Loulou, calme-toi, ne fais pas de bruit !

C'est la voix de Thomas, elle a l'air à peu près normale. Il m'éblouit avec une lampe de poche.

– Lâche-moi, Thomas !

– OK, si tu te tais, Loulou.

Il éteint la lampe, ouvre encore plus la fenêtre pour que je puisse ramper – dans un mouvement pas très gracieux, je dois avouer, car la souplesse n'est pas mon fort.

C'est à la fois lui et pas lui. Ses traits sont tirés, ses yeux sont sombres, son visage, pâle et son regard, presque inexpressif.

Il n'y a, semble-t-il, ni hache ni fusil de chasse dans la chambre.

On reste un moment face à face. La bougie sur le bureau est le seul éclairage, maintenant que Thomas a éteint sa lampe de poche.

– Je suis content de te revoir, Loulou, murmure-t-il.

– Moi aussi, dis-je sans trop savoir si je le pense vraiment, car il a une drôle d'expression sur le visage.

Je lui donne un baiser maladroit sur la joue et chuchote « Pardon » dans son oreille.

– C'est bon, me rassure-t-il. Et merci d'être passée à l'hôpital, ça m'a donné du courage.

– On te l'a dit ?

Il fait signe que oui.

On s'assied sur son lit défait.

– Tu as fait le mur, Thomas ?

Il secoue la tête.

– Ils m'ont renvoyé à la maison, le temps d'une journée. Pour des raisons de manque de personnel. Je dois y retourner demain.

– Quand te laisseront-ils sortir pour de bon ?

Il secoue de nouveau la tête et reprend ma main.

– Loulou, il n'y a pas une minute à perdre, il faut qu'on joigne Eva Elvekilde.

– Pourquoi ?

– Parce qu'elle est la clé de tout !

– Oui, tu me l'as écrit, mais que voulais-tu dire ?

Il ne répond pas tout de suite. Il tourne la tête et lance par-dessus son épaule :

– Laissez-moi tranquille !

– Tu entends des voix ?

Il fait signe que oui.

– Écoute, Loulou, je ne suis pas fou. Ce ne sont pas des voix à l'intérieur de ma tête, ce sont des esprits qui me sollicitent. Et ils ne me laissent pas un moment de répit. Si tu savais comme ça me fait peur !

Il me regarde et je lis le désespoir dans ses yeux.

Je hoche la tête, mais je ne suis pas rassurée…

– Si seulement je réussis à tirer cette histoire de Rosa au clair, alors je pourrai refermer la porte à jamais et laisser ce cauchemar derrière moi.

J'acquiesce.

– Pourquoi veux-tu contacter cette Eva Elvekilde ? En quoi est-elle la clé de tout ?

– C'est elle, parce que…

Il s'arrête au milieu de la phrase, me fait signe de me taire.

– Chut ! Oh zut, c'est mon père ! Vite, Loulou, glisse-toi sous ma couette !

Il souffle sur la bougie et me rejoint sous la couette. Sa tête dépasse, mais moi je suis complètement cachée et je peux à peine respirer. Mon oreille est contre son thorax. J'entends son cœur qui bat à toute vitesse et, plus loin, des pas dans l'escalier de la cave. Thomas croise finalement les bras sur la couette pour mieux me couvrir. Du coup, mon visage est encore plus plaqué contre sa poitrine.

On frappe à la porte.

– Thomas ?

Il ne répond pas, mais son cœur s'emballe.

Puis la porte s'ouvre doucement en grinçant un peu.

– Thomas, tu dors ? s'enquiert une voix d'homme.

La tête sous la couette, je vois quand même qu'on allume une lumière.

Un de mes bras enserre la taille de Thomas.

– Thomas, je suis désolé de te réveiller, il faut que tu prennes ton médicament maintenant, chuchote la voix.

– Oui, papa, répond Thomas en faisant mine d'émerger du sommeil.

Il se redresse dans le lit, je me blottis encore plus pour disparaître sous la couette. J'ai très chaud.

– Tiens, mon garçon, dit le père de Thomas.

Et je devine qu'il tend à son fils une pilule et un verre d'eau.

Thomas prend une gorgée et je sens le liquide couler à l'intérieur de son corps, tellement je suis près.

– C'est pour ton bien, tu sais, déclare son père avec un accent douloureux dans la voix.

– Je le sais bien, papa.

– Alors repose-toi et guéris vite, Thomas. C'est tout ce que je souhaite.

– Je fais de mon mieux, papa, assure Thomas en bâillant. Puis il se recouche.

– Je suis tout le temps si fatigué, reprend-il.

– Bon, rendors-toi.

– Bonne nuit, papa.

– Bonne nuit. Appelle-moi si tu veux quelque chose. Ça me fait bizarre de t'avoir de nouveau à la maison.

La lumière s'éteint et peu après j'entends la porte qui se referme doucement.

Je ne bouge pas, même si je suis à deux doigts d'étouffer.

Quand j'entends les pas résonner dans l'escalier, je soulève la couette et respire un bon coup.

– J'ai failli mourir asphyxiée là-dessous, je murmure.

Thomas ne répond rien, allume sa lampe de poche. Il sort la pilule de sa bouche. Il l'avait cachée sous sa langue. Il me sourit.

– T'en fais pas, Loulou. Ce comprimé ne sert à rien.

– Hum... Si tu le dis...

Il se tait et glisse la pilule dans sa poche de pantalon.

Je me redresse à moitié. Je resserre l'élastique de ma queue-de-cheval et me recoiffe comme je peux. Puis je pose une main sur sa poitrine. Je sens son cœur battre fort.

Je souris.

– Toi aussi, tu as eu un peu peur ?

Il prend ma main dans la sienne et y dépose un léger baiser.

– Oui, je l'avoue.

On se regarde dans les yeux. On a tous les deux du mal à respirer.

– Tu sens bon, Loulou.

Je baisse la tête et dégage ma main.

– C'est quoi, cette histoire avec Eva Elvekilde ?

33

Je suis assise sur le bord du bureau pendant que Thomas, installé sur le lit, me raconte ses découvertes.

Il a toujours eu le sentiment que quelque chose lui échappait dans les notes qu'il avait prises à la bibliothèque. De retour chez lui, ce week-end, il a récupéré le carnet qu'il avait caché sous son matelas et a tout relu à tête reposée.

Il se lève, vient vers moi et me montre une page couverte de ses gribouillis.

– C'est du chinois pour moi.

– Regarde bien, Loulou !

Il pointe son doigt sur des pattes de mouche qu'il a entourées d'un gros cercle. Effectivement, avec un peu de bonne volonté, on peut déchiffrer le nom d'Eva Elvekilde.

– Je ne vois toujours pas où tu veux en venir.

– Eva Elvekilde est une des petites filles dont je t'ai parlé à la bibliothèque. Elle a été interviewée sur le bombardement pour le film que tu n'as pas voulu regarder.

– Et alors ?

– Je sais seulement qu'elle détient la clé de tout ça.

– Et comment tu le sais, si c'est pas trop indiscret ?

Il m'explique qu'un soir où il sommeillait à l'hôpital, il a eu comme une vision – c'est le terme qu'il emploie. Tout s'est éclairé d'un coup, comme si Rosa le prenait par la main. C'est difficile d'expliquer comment, mais, soudain, le nom d'Eva Elvekilde s'est imposé à lui, avec une évidence absolue.

J'ai envie de lui demander si ce n'est pas son propre inconscient qui s'est exprimé, mais je m'abstiens de tout commentaire.

Il désigne de nouveau ses notes, où il a griffonné en marge des remarques qui sont tout aussi illisibles pour moi.

– Thomas, désolée, mais je n'arrive pas à déchiffrer ton écriture.

En réalité, il a lui aussi un peu de mal à se relire. Il finit par me déclarer :

– Dans le film, Eva Elvekilde raconte qu'elle avait une amie, Ellen Margrethe. Le jour du bombardement, elles se tenaient par la main pour descendre se réfugier dans les caves. Tout à coup, Ellen a lâché la main d'Eva pour traverser la cour de l'école en flammes. Eva ne l'a jamais revue.

– Je ne vois pas le rapport avec Rosa, je murmure, toujours aussi perplexe.

– Je sais, je sais, dit-il en se grattant la tête. Mais pourquoi Ellen s'est-elle précipitée dans la cour ?

Je hausse les épaules.

– J'ai trouvé une carte de l'ancienne école. Eh bien, de l'autre côté de la cour, il y avait la maternelle.

– Et... ?

– Il y avait des petits garçons là-bas...

– Je sais, mais la fille dont tu me parles s'appelait Ellen Margrethe et non Rosa.

Il semble ne pas entendre et poursuit, enthousiaste :

– J'ai cherché le nom d'Eva Elvekilde dans l'annuaire. Elle habite toujours à Frederiksberg, dans l'avenue Pile, près de l'église. C'est là qu'on va maintenant.

Je comprends qu'on ne peut plus faire marche arrière. Il faut aller au bout.

– D'accord, dis-je en arrangeant ma queue-de-cheval.

Il m'observe en silence.

– Tu es si différente quand tu attaches tes cheveux.

– Tu veux que j'enlève l'élastique ? Tu trouves que ça me donne l'air bête ?

– Oh non, laisse ! Ça me plaît beaucoup, précise-t-il en détournant les yeux.

Du coup, moi aussi je suis gênée.

Il enfile sa veste.

– Tu veux que je te fasse la courte échelle, propose-t-il en montrant de la tête la fenêtre de la cave.

Je fais signe que oui.

Thomas est beaucoup plus agile que moi, sans doute grâce au karaté, qui l'a rendu à la fois fort et souple.

Il fait plus sombre à présent, mais l'obscurité n'est pas totale. C'est une de ces nuits éclairées par la pleine lune. Des nuages traversent le ciel et cachent par intermittence la lune avant de poursuivre leur course.

Nous marchons côte à côte, en silence. Thomas n'arrête pas de regarder derrière lui. J'ai froid dans ma veste trop légère, je frissonne.

– Thomas, qu'est-ce qu'il y a ?

– Rien.

– Pourquoi tu regardes toujours par-dessus ton épaule ?

– T'inquiète. Allez viens, Loulou.

En passant devant le cimetière de Frederiksberg, il prend ma main et accélère le pas, tout en murmurant :

– Laissez-moi tranquille !

– Qu'est-ce que tu dis ?

– Rien !

– Si, je t'ai entendu parler !

Il ne répond pas.

– Tu as dit : « Laissez-moi tranquille ! » Qu'est-ce qui se passe, Thomas ?

Il s'arrête un court instant. Me regarde et répond :

– Pourquoi tu me poses la question ? Tu le sais très bien, Loulou.

Je hoche la tête tout en pensant que la pilule qu'il a fourrée au fond de sa poche pourrait sans doute l'aider.

On continue d'avancer. J'ai du mal à le suivre et je dois courir un peu.

Il ne s'arrête qu'une fois arrivé devant la porte d'Eva Elvekilde.

Il y a un Interphone. Décontenancée, je regarde Thomas.

– Qu'est-ce qu'on fait maintenant ?

Il se contente de hausser les épaules.

Je passe en revue les noms affichés et, au premier étage gauche, il y a écrit « Elvekilde ». Avant d'avoir le temps de me raviser, j'appuie à fond sur le bouton.

J'attends.

– Qui c'est ? demande une voix dans l'Interphone qui crachote.

Je remonte ma queue-de-cheval pour me redonner confiance et déclare :

– Excusez-moi de vous déranger, je m'appelle Luisa Geronazzo. Mon ami Thomas Klimko et moi, nous préparons un exposé sur le bombardement de l'École française…

– Oui, et… ? dit la voix, plus aimable.

Il va falloir encore ruser si on veut qu'elle nous laisse entrer.

J'interroge Thomas du regard, mais il n'est pas en mesure de m'aider. Il fixe un point devant lui en marmonnant quelque chose.

Il m'inquiète.

– Vous êtes toujours là, madame Elvekilde ?

– Oui…

– Au cours de nos recherches, nous sommes tombés sur un vieux bout de film avec une interview de vous et nous aimerions en savoir un peu plus.

– Maintenant ?

– Oui, nous sommes bien conscients que ce n'est pas une heure pour venir sonner chez les gens…

– Écoutez, mademoiselle, rappelez-moi lundi matin et nous en reparlerons…

– Excusez-moi, il faut que cet exposé soit terminé demain matin. Lundi, ce sera trop tard.

Thomas est en train de sautiller sur place, je le sens de plus en plus bizarre et j'ai du mal à le supporter.

– Je ne vois pas bien ce qu'il y a de si urgent…

Alors je me jette à l'eau :

– Il s'agit d'une petite fille. Nous croyons qu'elle s'appelle Rosa.

– Rosa ?

– Oui.

– Ellen Margrethe ?

J'hésite, je regarde Thomas qui m'encourage à ne pas lâcher.

– Oui... si c'était possible de...

– Pourquoi l'appelez-vous Rosa ?

– Euh, disons que nous sommes tombés sur elle – ou plus exactement sur son nom...

Je m'embrouille. Devinant ma peur, Eva Elvekilde se méfie.

– Vous êtes *tombés sur* Rosa ?

– Enfin, c'est un peu compliqué à expliquer, mais oui...

J'ai envie de me cogner la tête contre la porte. Pourquoi je ne trouve pas les mots ? Quelle idée de dire que nous sommes « tombés » sur elle... Pas étonnant qu'elle nous prenne pour des illuminés !

Pendant quelques secondes, il règne un silence terrible. Je n'ose même pas jeter un coup d'œil à Thomas. Puis soudain la voix de la vieille femme grésille dans l'Interphone :

– Je crois que vous feriez aussi bien de monter !

Je recule d'un pas. Ai-je bien entendu ?

Il y a un bruit strident suivi d'un déclic dans la porte. Je la pousse et souris à Thomas. On y est !

34

Thomas manque de me donner un coup de poing en essayant de repousser un assaillant invisible, auquel il ordonne :

– Ne la touchez pas !

Je m'arrête, lui saisis les poignets et l'oblige à me regarder.

– Thomas, je t'en prie, essaie de te contrôler !

Il acquiesce, mais son regard est fuyant.

– Regarde-moi dans les yeux, Thomas !

Il se ressaisit, pose les yeux sur moi. Ils sont brillants, avec de toutes petites pupilles.

– Tu ne crois pas que ça pourrait t'aider de prendre la pilule que tu as dans la poche ?

Il me jette un regard épouvanté.

– Loulou, tu es complètement folle ou quoi ?

C'est un comble ! C'est qui, le plus fou des deux ? Je parviens à me contenir.

– Du calme, Thomas ! Sinon, tu vas tout gâcher !

– Oui, oui, naturellement, admet-il. Mais tu sais, Loulou, les autres âmes empêchent Rosa de passer !

Je ne réponds pas, je lâche ses poignets et répète :

– Fais ce que tu peux pour te contrôler, Thomas !

Nous montons au premier étage. Sur la porte de gauche, une plaque indique « Elvekilde ». Au moment où je vais sonner, la porte s'entrouvre et le visage d'une dame âgée apparaît dans l'entrebâillement que permet la chaîne de sécurité.

– Que savez-vous de Rosa ?

Je me tourne vers Thomas et dis :

– En fait, pas grand-chose. C'est plus mon ami Thomas qui…

Il hoche la tête d'un air entendu.

– Vous voulez parler d'Ellen Margrethe, n'est-ce pas ? Ellen Margrethe de l'école Jeanne-d'Arc ?

– Oui, c'est ça, intervient Thomas, qui, en une seconde, a retrouvé une apparence tout à fait normale.

– Un instant, dit Eva Elvekilde.

Elle referme la porte, retire la chaîne de sécurité et ouvre de nouveau, mais cette fois en grand.

– Entrez. Oui, excusez toutes ces précautions, il se

passe tellement de choses. On ne peut pas ouvrir à n'importe qui, vous comprenez ?

– Mieux vaut se montrer prudent pour éviter les voyous en tout genre, dis-je en pensant à la mésaventure arrivée à Ruth.

Eva Elvekilde acquiesce. Elle paraît troublée et je crains un instant qu'elle n'ait pas toute sa tête. Il ne manquerait plus que ça…

– Rosa, ma petite Rosa…, marmonne-t-elle en nous conduisant dans son salon.

Un flot de lumière nous accueille. Il y a des bougies partout, et quand je dis « partout », je pèse mes mots. Il y en a sur les rebords de fenêtre, par terre, sur les tables, les étagères. Des chandeliers et des photophores. Pas une seule lumière électrique. C'est à la fois chaleureux et un peu déstabilisant.

– C'est étrange comme coïncidence ! J'ai souvent pensé à Rosa, ces derniers temps. J'ai même rêvé d'elle. Et voilà que vous venez me parler d'elle !

Elle nous invite à prendre place dans un petit canapé rouge.

– Effectivement, c'est un peu étrange, dis-je en m'asseyant.

Elle sourit.

– Au fond, ce n'est pas si étonnant que ça, puisque c'est la date anniversaire.

– La date anniversaire ?

– Oui, on est le 21 mars aujourd'hui. C'est pourquoi j'ai allumé toutes ces bougies. Une bougie pour chacune des victimes, explique-t-elle en montrant le salon illuminé.

Je sens un frisson me parcourir, même s'il fait chaud dans la pièce.

– C'est aujourd'hui la date anniversaire du bombardement. Tu le savais Thomas ? je demande, mue par un pressentiment.

Thomas se tient près de la fenêtre du salon. Tout en regardant dehors, il passe et repasse son index dans la flamme d'une bougie, plantée sur un chandelier ancien à cinq branches. Il ne me répond pas.

À part ça, c'est typiquement un appartement de grand-mère, avec des photos de toute la famille, un petit canapé rouge, une table basse avec un napperon blanc brodé et au milieu, un vase avec un bouquet de roses. Un énorme lustre est suspendu au-dessus de la table basse, du genre qu'on trouve à l'église et qu'on allume pour les grandes occasions, comme la messe de Noël, j'imagine.

– Puis-je vous offrir quelque chose ? demande Eva Elvekilde en se dirigeant déjà vers la cuisine.

– Non, rien, dis-je, un peu gênée. Nous vous dérangeons à une heure si tardive…

La vieille dame s'arrête.

– Appelez-moi donc Eva ! propose-t-elle en me donnant une solide poignée de main.

Elle paraît parfaitement saine d'esprit.

– Excusez-moi, je n'ai pas bien saisi votre nom…

– Luisa Geronazzo, mais on m'appelle simplement Loulou, et voici mon camarade de classe, Thomas Klimko.

Elle serre aussi la main de Thomas et s'assoit dans le fauteuil en face du canapé.

– Oui, excusez-moi pour tout à l'heure, j'ai peur quand on sonne à la porte aussi tard. Et voilà que vous me parlez de Rosa, alors que je pensais justement à elle…

Elle s'éclaircit la voix et se tord les mains, nerveuse :

– Comme je vous l'ai dit, ces derniers temps, je l'ai sentie si proche… comme si elle…

Elle soupire, s'interrompt :

– Oh, vous devez vous demander si je ne perds pas la tête, n'est-ce pas ?

Thomas quitte la fenêtre et s'assoit à côté de moi. Il se penche discrètement et me glisse à l'oreille :

– Elle est en chemin vers nous maintenant…

Puis il regarde Eva et lui répond :

– Oh non, nous savons que vous ne perdez pas la tête… au contraire.

Elle sourit.

– Je n'ai jamais réussi à la lâcher, à accepter le fait que…

Je vois que Thomas est à deux doigts de dire quelque chose, mais je pose une main sur son bras et interviens :

– Pardon de vous interrompre, j'ai un peu de mal à m'y retrouver. Rosa et Ellen Margrethe sont la même personne, c'est ça ?

Elle sourit.

– Bien sûr. Rosa, c'était son surnom. Elle s'appelait en réalité Ellen Margrethe, mais elle détestait ce prénom. C'était, semble-t-il, celui d'une grand-mère paternelle un peu acariâtre qu'elle n'aimait pas beaucoup. Son père l'appelait sa petite rose, alors un beau jour, à l'école, elle a décidé qu'elle s'appelait dorénavant Rosa… Les sœurs ont refusé de l'appeler ainsi, mais nous autres, on a dû accepter, parce qu'elle répondait seulement au nom de Rosa. Elle était très têtue, vous savez.

Eva sourit à cette évocation.

Je jette un coup d'œil à Thomas qui boit les paroles de la vieille dame, tout en jouant avec la cire d'une grosse bougie rouge posée sur la table basse.

Les yeux d'Eva changent soudain d'expression, comme si elle quittait notre monde pour remonter mentalement dans le temps.

– On avait cours de chant quand l'enfer s'est abattu sur nous. Sœur Madeleine jouait à l'orgue et nous chantions *D'un cœur léger, tu emprunteras…*

Et elle entonne la première strophe :

– « D'un cœur léger, tu emprunteras
Des chemins que Dieu seul connaît,
Même si le but tu n'atteindras
Qu'à la fin du monde ! »

Thomas chante avec elle.

– Ah, vous la connaissez aussi ? Je croyais que les jeunes gens n'apprenaient plus ces chants-là.

Thomas sourit et je vois qu'il a envie de raconter quelque chose. Je lui pince le bras.

– Oh, pardon. Je me laisse emporter par mes souvenirs. C'est seulement que... que... Je n'arrive pas à me l'expliquer. C'est difficile d'en parler, mais c'est aussi très étrange, poursuit Eva en levant les yeux vers le lustre et en respirant profondément.

– Qu'est-ce qui s'est passé, ce jour-là, Eva ?

Elle ne répond pas et je crains d'avoir été trop directe avec elle. J'ai envie de retirer ma main du bras de Thomas et de prier Eva de nous excuser de l'avoir dérangée. Toutefois, Thomas me retient vigoureusement en plaçant sa main sur la mienne. Plongée dans ses souvenirs, Eva garde encore le silence. Enfin, elle pose sa main droite à plat sur la table basse et commence à décrire des cercles invisibles avec son index. Encore et encore.

– Oui, on chantait *D'un cœur léger, tu emprunteras des chemins* quand on a été interrompus par un terrible grondement de moteur et, l'instant d'après, j'ai vu quelque chose qui ressemblait à un énorme oiseau noir passer au-dessus de nos fenêtres. En fait, ce n'était pas un oiseau, mais un bombardier. Puis on a entendu un vacarme assourdissant qui a fait trembler les murs et une colonne de feu s'est élevée devant nos fenêtres, suivie d'une fumée noire. Sœur Madeleine s'est aussitôt arrêtée de chanter et nous a donné l'ordre d'aller nous réfugier dans la cave. Elle faisait tout pour garder son calme, mais je percevais l'angoisse dans sa voix et dans ses yeux.

« Elle nous a demandé d'y aller deux par deux, en nous donnant la main, et de continuer à chanter *D'un cœur léger, tu emprunteras des chemins*. Je me suis levée et j'ai pris la main de Rosa. Elle a absolument tenu à emporter son nouveau cartable qui avait une longue bandoulière. Elle l'a fait glisser au-dessus de sa tête, de sorte que la bandoulière passait sur son ventre et que son cartable reposait sur une hanche. C'était une très bonne idée. À cet instant, aucune d'entre nous ne pouvait se douter de ce qui nous attendait.

« En descendant l'escalier, nous avons croisé d'autres enfants qui allaient aussi à la cave. À mi-chemin, on a entendu une détonation terrible, toutes les vitres ont volé en éclats et je me suis retrouvée à genoux. J'ai hurlé ! Comme beaucoup d'autres. Rosa m'a aidée à me relever, j'ai serré très fort sa main. Elle m'a souri pour me rassurer. Et, même si ça peut paraître incroyable, nous avons continué à chanter tout en descendant les marches. Il y a eu une autre explosion violente. La lumière s'est éteinte, puis est revenue, a clignoté puis a encore disparu. Nous avons alors compris que des bombes s'abattaient sur l'école, même si nous en ignorions la raison. Pourquoi nous bombarder alors qu'on n'avait rien fait ? Nous n'étions que des enfants ! Ça a été la panique générale. Beaucoup pleuraient. Quelqu'un a soudain crié que l'école maternelle avait été touchée.

« Rosa s'est raidie et j'ai senti qu'elle me lâchait la main. Mais je me cramponnais à elle, je ne voulais pas la laisser partir.

« – Lâche-moi, Eva ! a-t-elle dit, alors que je serrais sa main encore plus fort. Louis ! Il faut que j'aille voir Louis ! a-t-elle hurlé en tirant sur sa main.

D'une voix rauque, je demande :

– Louis… qui est Louis ?

Elle sourit et poursuit :

– Louis était son petit frère, qu'elle adorait. Elle voulait absolument le retrouver. Elle a donc desserré mes doigts avec son autre main pour me faire lâcher prise. J'ai eu peur, ça m'a fait mal et je me suis mise à pleurer. Alors elle m'a regardée dans les yeux et m'a dit :

« – Il faut que je m'occupe de Louis, tu peux bien comprendre ça ?

« Je comprenais, forcément. Alors je l'ai lâchée. On nous poussait de partout, j'ai failli tomber, mais j'ai réussi à rester debout. Au moment de partir, elle m'a chuchoté à l'oreille :

« – Au revoir, Eva.

« Puis elle s'est retournée et, au lieu de courir vers les abris dans la cave, elle est remontée à contre-courant et elle s'est jetée dans la cour…

« C'est la dernière fois que je l'ai vue.

– Elle ne s'en est pas sortie ? je hasarde.

Eva a les larmes aux yeux.

– Non, elle ne s'en est pas sortie.

– Est-ce que vous savez ce qui lui est arrivé ?

– Non, je sais seulement qu'elle…

Elle désigne de la main ses yeux inondés de larmes pour dire qu'elle ne peut plus parler, que c'est au-dessus de ses forces…

– Et Louis ? chuchote Thomas.

Elle hoche la tête, marque un temps d'hésitation avant de dire :

– Rosa lui a sauvé la vie.

– Est-ce qu'il vit encore ? je demande doucement.

– Oui…

35

Louis vit !

J'ai toutes les peines du monde à empêcher Thomas de se lever du canapé. Il s'est mis à gesticuler et à parler tout seul.

– Laisse-la passer, bon sang ! s'écrie-t-il en renversant la grosse bougie rouge qu'il tripotait depuis son arrivée.

La flamme s'éteint et la cire se répand sur la table.

Jusque-là, Eva a fait de son mieux pour ignorer son comportement étrange, mais Thomas est devenu si bizarre qu'elle demande :

– Excusez-moi, de quoi souffre ce jeune homme ?

– De la maladie de Gilles de la Tourette, je m'empresse de répondre sans prendre le temps de réfléchir. Vous savez, il a des tics et des difficultés à contrôler son corps, et il peut dire des obscénités sans même en avoir conscience. C'est ce qu'on appelle la « coprolalie ».

D'où je tire ça ? Une année, j'ai eu dans ma classe un garçon atteint de ce syndrome. Il avait le visage déformé par les tics et il lui arrivait de hurler des gros mots, comme ça, tout d'un coup. À l'époque, j'avais lu des articles là-dessus sur internet et j'ai retenu le terme de « coprolalie ».

– Mais c'est seulement quand il est très fatigué qu'il a cette attitude.

Eva fait signe qu'elle comprend.

Thomas murmure :

– Louis ! Il faut que nous allions parler à Louis. Maintenant !

J'essaie de capter son regard pour lui faire comprendre qu'il doit se calmer.

– Est-ce que vous savez où Louis habite ? je demande.

Elle fait oui de la tête. Elle hésite un instant. Puis chuchote :

– Plus bas dans la rue Henrik Ibsen, au n° 2. Mais il est très… simple.

En disant ces mots, elle a lorgné discrètement vers Thomas.

Je ne peux plus retenir Thomas, qui s'est levé et jette sans arrêt des coups d'œil par-dessus ses épaules.

– Laissez donc passer l'enfant ! crie-t-il.

Malgré la chaleur que dégagent les bougies, je sens un frisson me parcourir le dos. Comme si un courant d'air glacial était entré dans la pièce. Le lustre semble s'allumer un instant.

– Je crois qu'il vaut mieux qu'on rentre, dis-je.

Eva me regarde.

– Ce dont souffre ce jeune homme n'a rien à voir avec la maladie de Gilles de la Tourette, n'est-ce pas ?

Je ne réponds pas.

– Et vous n'avez jamais eu d'exposé à faire ?

Je secoue la tête et murmure :

– Pardon…

Elle saisit ma main.

– Je comprends plus que vous ne croyez…

Elle me laisse partir et je rejoins Thomas qui est déjà près de la porte.

Au moment de descendre l'escalier, je me retourne et dis :

– Au revoir et excusez-nous encore.

Elle secoue gentiment la tête.

– Il n'y a pas de quoi. Faites attention à vous !

Et elle referme la porte.

36

Dans l'escalier, Thomas tremble comme une feuille et continue de marmonner des phrases étranges. J'ai de plus en plus peur de ce qui va arriver. Cette histoire m'échappe. C'est surtout Thomas qui m'inquiète, car il est clair qu'il est en train de vivre un enfer. Que ferais-je s'il lui arrivait quelque chose ? Est-ce qu'il est en état de sortir dans la rue ? Comment puis-je l'aider ?

À l'instant où nous allons franchir la porte de l'immeuble, je l'attrape fermement par le bras. Il s'arrête. Je l'oblige presque à s'asseoir sur les marches. Tout son corps est secoué de tremblements, son visage est livide, la sueur perle à son front et ses yeux ont un éclat étrange. Je m'accroupis devant lui, prend son visage entre mes mains et l'oblige à me regarder.

– Thomas, dis-moi ce qui se passe !

Les yeux enfiévrés, il murmure :

– Je ne sais pas, Loulou, je ne sais pas.

– Tu ne crois pas qu'on ferait mieux d'en rester là pour ce soir ? Tu pourrais rentrer chez ton père... Honnêtement...

Je sursaute quand la lumière de la cage d'escalier s'éteint tout à coup.

Il fait noir. Soudain, je sens sur ma nuque les mains de Thomas qui amènent mon visage tout près du sien.

– Non, Loulou ! S'il te plaît, fais-moi confiance ! Rien que ce soir, c'est la dernière chose que je te demande !

Dans la pénombre, je devine ses yeux, l'un vert et l'autre bleu, à l'éclat si intense.

– Loulou, elle est là, chuchote-t-il. Elle n'a jamais été aussi présente que maintenant !

– Tu peux la voir ?

Il hoche la tête.

– C'est beaucoup plus fort que d'habitude, beaucoup plus fort. Comme si elle... était en moi...

– En toi ? Thomas, tu me fais peur ! Je vois bien que ça ne va pas. Tu viens d'entendre une histoire terrible, bouleversante, tu absorbes les émotions des autres comme une éponge... et ta pilule est au fond de ta poche... Peut-être que tu n'arrives plus à faire la différence entre ce qui est réel et ce qui ne l'est pas ?

Il resserre sa main autour de mon cou. Nos yeux ne sont plus qu'à quelques millimètres les uns des autres.

– Chut… Aie confiance en moi. S'il te plaît, je t'en supplie. Rien que ce soir, rien que…

Ses lèvres effleurent les miennes.

C'est comme une décharge électrique.

Il m'écarte une mèche du front.

– S'il te plaît, Loulou, aide-moi ! m'implore-t-il.

Je fais oui de la tête.

– Tu veux aller voir Louis maintenant ?

– Il n'y a pas une minute à perdre, Loulou. Viens !

Il se relève, le corps secoué de spasmes, l'air plus malade et épuisé que jamais.

Je me redresse à mon tour, ouvre la porte. Une fois dehors, il chancelle, comme s'il allait s'évanouir. Puis il passe un bras autour de mes épaules et je le prends par la taille. Je le traîne ainsi jusqu'à l'avenue Frederiksberg tandis qu'il bredouille :

– Merci, Loulou. Si tu savais ce que tu signifies pour moi…

37

Enlacés comme des amoureux, nous descendons l'avenue Frederiksberg, puisque Thomas insiste pour aller au bout de la « mission ».

– C'est maintenant ou jamais, répète-t-il.

Je n'ai jamais autant douté des paroles de Thomas. Son état est alarmant.

Il s'arrête et me regarde droit dans les yeux.

– Quoi qu'il advienne, Loulou, je voudrais seulement que tu saches que t'avoir rencontrée… c'est la plus belle chose qui me soit arrivée !

Je ne sais que dire. Il a le regard toujours aussi fiévreux…

– Vraiment ?

– Oui ! confirme-t-il en souriant.

Il a un sourire magnifique et, l'espace d'une seconde, je me demande l'effet que ça ferait de laisser le bout de ma langue glisser sur cette rangée de perles blanches…

Je me tais et préfère détourner les yeux.

– Je tenais à ce que tu le saches, au cas où…

– Au cas où… ?

– Non, rien. Allez, viens, Loulou.

Je me demande comment nous allons convaincre Louis de nous ouvrir sa porte. Mais, au moment où nous arrivons dans la rue Henrik Ibsen, une camionnette blanche débouche à toute allure du coin de la rue, nous dépasse et freine à mort pour piler devant la porte de Louis, au n° 2.

C'est un véhicule de la mairie. Un type visiblement pressé saute du siège avant, fait glisser la porte latérale, sort des boîtes en polystyrène et claque la portière derrière lui. Il laisse tourner le moteur tandis qu'il court vers l'entrée de l'immeuble, appuie sur plusieurs boutons de l'Interphone à la fois en criant :

– C'est l'aide à domicile municipale ! Désolé pour le retard. Je viens vous apporter vos repas ! Vous pouvez m'ouvrir ?

Nous comprenons mieux son stress et sa conduite sportive. C'est une heure bien tardive pour apporter leur repas aux personnes retraitées qui vivent seules.

La porte s'ouvre et le type se précipite à l'intérieur.

– Thomas, viens ! dis-je en saisissant sa main.

Nous nous postons devant l'entrée de l'immeuble et attendons que le préposé à la distribution des repas redescende l'escalier en trombe. Il grimpe vite dans la camionnette sans même avoir remarqué notre présence.

Je glisse un pied dans la porte. On est dans la place !

– C'est à quel étage, déjà, Thomas ?

Il ne répond pas et s'engage dans l'escalier. Je le suis. J'entends qu'il a du mal à respirer. Il continue de marmonner des paroles incompréhensibles.

Au premier étage, il y a une pile de boîtes en polystyrène posée sur le paillasson.

Mon cœur bat la chamade, je ne mens pas quand je dis que mon pouls n'a jamais été aussi rapide. Moi aussi, je cherche mon souffle et j'ai les joues en feu.

Je n'arrive pas à croiser le regard de Thomas, ses yeux papillonnent, tandis qu'il se cramponne à la rampe de l'escalier. Il y met une telle force que je ne serais pas étonnée de la voir céder sous la pression.

À présent, seule une porte nous sépare de Louis. Eva nous a prévenus qu'il était « simple ». Cela signifie-t-il que c'est un vieil original, enferré dans sa solitude ?

J'appuie sur la sonnette. Aucune réaction.

Une plaque ancienne apposée sur la porte indique « Schmidt ». Et, en dessous, il y a un vieux papier jauni sur lequel on a gribouillé d'une écriture mal assurée : « Posez la nourriture sur le paillasson ! »

J'appuie de nouveau sur la sonnette en criant :

– C'est le service de repas à domicile !

Toujours aucune réaction. Pourtant j'entends nettement la sonnerie résonner dans l'appartement.

Et s'il n'était pas là ?

Puis je perçois un discret grincement de planches de l'autre côté de la porte et je devine qu'on allume la lumière. Ensuite, le silence retombe.

J'attends, l'oreille aux aguets, je retiens ma respiration, que je trouve trop sonore…

Mais il ne se passe rien de plus.

Je sonne encore une fois.

– C'est le service…

– C'EST PAS BIENTÔT TERMINÉ, CE BOUCAN ?

Quel choc d'entendre une voix aussi hargneuse !

– Vous ne savez pas lire ? Posez la nourriture sur le paillasson !

Mon cœur bat si fort que je suis comme tétanisée.

Je me tourne vers Thomas. Il n'a pas l'air bien du tout. Tout son corps tremble comme s'il mourait de froid. Notre mission va échouer, je le sens.

– Il vaut peut-être mieux s'en aller. Ça ne se fait pas de débarquer chez les gens aussi tard, je chuchote à Thomas. On n'a qu'à revenir un autre jour, qu'est-ce que tu en dis ?

– Il n'y aura pas d'autre jour, Loulou !

Sa voix est rauque, mais ses yeux brillants expriment une détermination sans faille. Soudain, c'est comme si les rôles s'inversaient. Il se redresse, se passe les mains dans les cheveux d'un geste machinal, se racle un peu la gorge. Je lui laisse ma place. Il hésite un instant, puis frappe à la porte avec son poing en criant :

– Louis, j'ai un message de Rosa pour vous.

– Vous êtes qui, vous ? demande une voix où percent à la fois la colère et la peur.

– Je m'appelle Thomas et j'ai un message à vous transmettre de la part de Rosa. Ou d'Ellen Margrethe, si vous préférez.

– Va-t'en, espèce de cinglé !

– Elle a essayé à de nombreuses reprises de vous contacter, mais elle n'a jamais pu arriver jusqu'à vous. C'est pourquoi elle m'a envoyé.

– Vous êtes qui, d'abord ? Et pourquoi vous me racontez ça ? réplique la voix derrière la porte.

– Parce que Rosa veut entrer en contact avec vous. Pendant toutes ces années, elle vous a cherché...

– Arrêtez avec cette histoire, vous trouvez ça drôle ?

– Non, pas du tout. Rosa ne peut pas aller vers la lumière, tant qu'elle n'a pas la certitude...

– Allez-vous-en, laissez-moi tranquille !

– Mais votre sœur insiste, elle veut absolument vous parler, répète Thomas avec des accents désespérés dans la voix. S'il vous plaît, ouvrez la porte, Louis !

– Foutez le camp ou j'appelle la police !

Thomas pousse un gros soupir, puis lâche tout bas :

– Maintenant, il faut que tu m'aides !

Je crois d'abord qu'il s'adresse à moi. Mais apparemment non. Il hoche légèrement la tête, comme s'il écoutait le silence avec la plus extrême attention.

Enfin il se redresse et s'approche tout près de la porte.

– Rosa se demande si vous avez toujours son cartable. Et peut-être même le médaillon qu'elle portait le jour où, vous savez… À l'intérieur du médaillon, il y a d'un côté une photo de vous, et de l'autre une photo de votre mère.

Thomas se tait, on n'entend plus un bruit, si ce n'est le déclic du minuteur qui s'éteint sur le palier. Je tressaille et tâtonne pour trouver l'interrupteur sur le mur. Je rallume.

– Vous êtes toujours là, Louis ? demande Thomas d'une voix claire.

Louis ne répond pas.

Thomas baisse un instant la tête, se concentre de nouveau. Moi, je n'entends rien, mais il reprend :

– Si l'on sort la photo de votre mère du médaillon, on y trouve une photo de Rosa et une mèche de ses cheveux.

Il ne se passe toujours rien.

Sauf en moi, où mille pensées se bousculent. Qu'est-ce que Thomas est en train de raconter ? C'est touchant, mais il sort ça d'où ? Est-ce que ça peut être le fruit de son imagination ou encore une hallucination ?

Je ne suis pas au bout de mes surprises, car Thomas s'écrie soudain :

– Capitaine, où est caché le trésor ?

« Ça y est, il est devenu complètement fou », je songe. Mais voilà que…

– Qu'est-ce que tu as dit ? s'exclame Louis.

– Capitaine, où est caché le trésor ? répète Thomas un peu plus bas, comme si ce n'était plus lui qui posait la question.

Il y a quelques secondes de silence avant que Thomas poursuive :

– Quand vous n'arriviez pas à dormir, vous aviez le droit d'aller dans son lit et elle vous racontait les histoires du capitaine Louis.

Une voix rauque s'élève alors derrière la porte :

– Et comment je l'appelais ?

Thomas baisse les yeux, comme s'il écoutait ce qu'une personne invisible lui souffle à l'oreille.

J'essaie de me brancher sur la même fréquence que lui, en vain. À part ma respiration saccadée, impossible de percevoir quoi que ce soit.

– Général Rosa ! s'écrie Thomas, tout heureux. Vous l'appeliez général Rosa !

Nouveau silence. Puis j'entends qu'on retire la chaîne de sécurité. Ici aussi. Toutes les personnes âgées seraient-elles devenues paranoïaques ?

La porte s'ouvre lentement, et un vieil homme, en pyjama rayé, apparaît. Il a des cheveux gris hérissés, de gros sourcils broussailleux et une expression hagarde sur le visage.

– Qu'est-ce que c'est que tout ça ? dit-il en s'essuyant les yeux du revers de la main.

– Cela peut paraître bizarre, mais c'est un message de l'au-delà.

– De l'au-delà ? répète Louis.

Thomas, qui fait une bonne tête de plus que le vieil homme, lui prend la main et lui dit d'une voix claire et ferme :

– Votre sœur veut entrer en contact avec vous.

Le vieillard hoche la tête d'un air résigné, puis il ouvre la porte en grand et nous laisse entrer.

38

Après nous être faufilés dans une petite entrée, envahie par des piles de vieux journaux et de lettres non décachetées, nous sommes introduits dans le salon. C'est ici, dans cette pièce, que se concentre toute la vie « simple » de Louis. Un lit étroit est placé contre le mur à droite de l'entrée. En face se dresse une vieille table en acajou avec un four à micro-ondes posé dessus. Il doit servir à réchauffer les plats livrés par la commune, car à côté s'empilent des boîtes en polystyrène. Il y a aussi un canapé et une table basse avec une vieille radio et un téléviseur sans âge.

Louis paraît troublé. On le serait à moins. Il s'assoit au bord du lit et se gratte la tête.

Thomas prend place à ses côtés.

Quant à moi, je suis un personnage secondaire, un peu gêné d'être là. Je me trouve réduite à observer la scène qui se déroule à présent. J'ai l'impression de voir un film. Ça commence ainsi : avec des gestes lents, Louis se penche et extirpe de sous son lit un vieux cartable en cuir. Sans un mot, il l'ouvre et sort de la pochette avant droite un médaillon en or, qu'il tend à Thomas. Toujours sans avoir échangé un mot, Thomas ouvre le médaillon et je devine, puisque je ne le vois pas de là où je suis, qu'il y a un portrait de Louis d'un côté et un de sa mère de l'autre. Et je sais que Thomas soulève à présent la photo de la mère pour découvrir celle de Rosa en dessous. Il reste quelques longues secondes à contempler cette photo. Ah, si seulement, comme dans un vrai film, j'avais maintenant un gros plan sur le visage de la petite fille ! Bien sûr, je pourrais m'approcher et arracher des mains de Thomas le médaillon, la photo et certainement aussi la mèche de cheveux de Rosa, mais je ne bouge pas d'un pouce. D'ailleurs, je sais à quoi Rosa ressemble. Elle et moi sommes de vieilles connaissances, en quelque sorte !

Thomas fixe la photo et commence à se balancer d'avant en arrière, on dirait qu'il entre en transe.

Certes, une partie de moi trouve fascinant d'assister à cette scène, mais une autre partie a juste envie de mettre les voiles.

Tout à coup, j'ai la sensation que Rosa est avec nous dans le salon. Je ne saurais l'expliquer, mais c'est comme si elle – ou son esprit – était là. Je suis envahie d'une sensation intense. Pénétrante. J'ai du mal à la décrire, c'est trop bizarre.

Mes poils se hérissent sur ma nuque. Un frisson me parcourt la colonne vertébrale. Soudain, je ne sais pas si mes yeux me jouent un tour, mais je crois voir le souffle de Thomas dans la pièce. Comme si ce salon s'était transformé en congélateur géant.

Est-ce moi qui suis bouleversée par cette atmosphère si particulière ou sommes-nous réellement dans un autre espace-temps ? Je ne saurais répondre à cette question. Mais c'est comme si Rosa s'installait parmi nous et faisait, de ce fait, baisser la température ambiante.

Je claque des dents et dois faire des mouvements de bras pour me réchauffer. À présent, je vois aussi mon propre souffle.

Thomas rend le médaillon à Louis, puis se lève et se dirige d'un pas lent dans l'entrée. Est-ce qu'il s'en va ? Dans ce cas, je pars avec lui. Mes jambes refusent de m'obéir. Je suis comme paralysée par le froid qui règne.

C'est vraiment étrange. Car, même si Thomas a quitté le salon, c'est comme si une partie de lui était malgré tout restée assise sur le lit. Une empreinte – ou que sais-je ? – est encore à côté de Louis. Est-ce seulement l'ombre de Thomas ?

Soudain une clarté incroyable inonde la pièce, et je suis un court instant si éblouie que je dois fermer les yeux.

Et, quand je les rouvre, j'ai un choc.

Car, sur le lit, j'aperçois Rosa. La petite fille qui, pendant si longtemps, m'a rendu visite la nuit. Aucun doute possible : c'est elle. Les cheveux bruns, les yeux, le filet de sang qui court le long de sa tempe jusqu'à sa joue droite… Elle regarde Louis avec une infinie tendresse et lui caresse le visage.

Louis reste d'abord immobile, puis tout son corps est secoué de spasmes et j'ai peur qu'il ait une attaque.

Elle saisit sa main.

– Rosa ? hasarde-t-il.

Elle sourit.

Même si Louis est un vieil homme, je crois voir le petit garçon derrière son visage d'adulte.

– Rosa, c'est vraiment toi ?

Elle sourit et serre encore plus fort sa main.

– Rosa, qu'est-ce qui se passe ?

Elle ne répond pas, se contente de sourire.

– Qu'est-ce que tu veux ? demande Louis d'une voix rauque.

Elle approche ses deux mains du visage de son frère, en le regardant intensément.

– Tu t'en es sorti ! chuchote-t-elle.

Il fait oui de la tête.

– Tu m'as sauvé la vie, Rosa !

Elle lui caresse le visage.

– Quel bonheur !

Pendant un court instant, je suis persuadée d'avoir des visions.

Pourtant j'entends distinctement Louis et Rosa parler ensemble !

– Mais toi-même, tu n'as pas réussi à te sauver, Rosa !

Elle ne répond pas et semble un peu troublée.

– Louis, je ne me rappelle pas tout. Aide-moi, raconte-moi ce qui s'est passé.

J'ai du mal à respirer, comme si mon cœur était en travers de ma gorge.

Louis inspire profondément.

– Je me souviens de tout comme si c'était hier. Chaque seconde. Il ne se passe pas un jour sans que je pense à toi.

Il hésite. Rosa l'encourage à poursuivre.

– La journée avait bien commencé. Maman était si contente qu'elle sifflotait en nous accompagnant à l'école. Le soleil brillait, et, même si le vent était encore fort et glacial, je me souviens que maman nous a annoncé que le printemps et des temps meilleurs allaient bientôt arriver. Elle nous a embrassés tous les deux sur le front et nous a dit : « À tout à l'heure ». Puis elle nous a laissés entrer dans la cour, elle s'est éloignée et nous lui avons fait un signe de la main jusqu'à ce que sa silhouette disparaisse.

– Oui, ça, je m'en souviens, chuchote Rosa avec un sourire.

– Ensuite, tu m'as accompagné jusqu'à la maternelle, avant de courir rejoindre ta classe. Tu faisais toujours ça.

– Oui, c'est vrai, Louis.

Il poursuit :

– Plus tard, je regardais par la fenêtre quand j'ai soudain vu un avion s'écraser. Je n'ai pas eu peur au début, j'étais juste surpris. Puis il y a eu une explosion terrible, et des flammes, de la fumée… Le bâtiment a tremblé, les tables et les chaises sont tombées, les enfants ont commencé à pleurer. En un instant, tout n'était plus que chaos. Je n'ai pas compris ce qui se passait. Je n'étais encore qu'un petit garçon. Je me suis retrouvé par terre, sous une table et je n'ai pas bougé.

Il soupire et saisit les mains de Rosa.

– Ensuite il y a eu une déflagration encore plus violente, avec un vacarme assourdissant. C'est à cet instant que j'ai compris que nous étions bombardés. Je suis sorti de ma cachette et j'ai été frappé par une vision terrible : des flammes partout, des cris, la panique. Des enfants blessés, d'autres, des amis, qui gisaient morts sur le sol. Que devais-je faire ? Une religieuse nous criait de descendre à la cave, mais j'ai préféré courir dans un coin, tourner le dos à tout ça, fermer les yeux, me boucher les oreilles et hurler aussi fort que je pouvais pour couvrir le vacarme de cet enfer.

« Et soudain tu étais là, tu m'as pris par les épaules, tu m'as retourné vers toi et m'as dit en me regardant droit dans les yeux :

« – Capitaine, c'est le moment ou jamais de montrer ton courage !

« Tu m'as demandé de sortir en courant et de ne pas avoir peur, même s'il y avait des flammes partout et des enfants et des religieuses allongés par terre. Tu m'as expliqué que nous allions rejoindre le bâtiment de l'autre côté de la cour et descendre à la cave, où nous serions en sécurité. J'ai crié que je ne voulais pas m'enfermer dans une cave, je voulais voir ma maman. Alors tu m'as dit que, pour la voir, il fallait d'abord que je sois fort et que je me réfugie dans le bâtiment principal. Et tu m'as saisi la main en criant :

« – 1, 2, 3, capitaine, cours !

« Et nous avons traversé la cour en zigzag… Nous avons atteint le bâtiment principal et sommes entrés, il y avait foule et c'était la panique dans l'escalier qui menait à la cave. Et j'ai cru que nous étions enfin en sécurité, oui, je l'ai vraiment cru.

Louis s'interrompt, serre les mains de Rosa et continue :

– C'est donc toi, Rosa ?

Elle a un sourire étonné, comme si elle n'en revenait pas elle-même. C'est du moins l'impression que j'ai, de là où je me trouve. Je l'entends demander encore une fois :

– Oui. Raconte-moi ce qui s'est passé ensuite.

Louis reprend sa respiration et poursuit :

– L'escalier qui devait nous conduire aux abris s'est mis à bouger, et en levant les yeux j'ai vu que le bâtiment tremblait sur ses fondations. On aurait dit que toute l'école commençait à tanguer. Du plâtre s'est détaché du plafond et nous est tombé dessus, puis une lampe. Soudain il y a eu une telle déflagration que j'ai cru, un instant, être devenu sourd. L'escalier entier a été comme happé dans le silence. Chacun poussait pour tenter d'échapper au piège qui se refermait. Toi, tu m'as entraîné vers un mur, tu me tenais très fort par la main et tu m'as dit :

« – Nous faisons front ensemble, capitaine !

« Sur ce, l'escalier s'est effondré et tout le monde a été enseveli sous d'énormes pans de murs qui se sont écroulés, nous avons été obligés de nous lâcher la main...

« Au début, on entendait des pleurs et des gémissements, puis une sorte de silence pesant s'est abattu. J'avais de la poussière et du plâtre dans les yeux, mais j'étais encore debout le long des restes d'un mur. Je ne voyais presque plus rien, j'ai toutefois senti que tu étais tout à côté de moi. Tu as soufflé :

« – Sauve-toi, capitaine, passe par ce trou !

« Je me suis frotté les yeux, j'étais paralysé par la peur.

« – Viens avec moi, Rosa, ai-je dit.

« – Mon pied est bloqué, as-tu répondu, alors toi, tu vas courir et rentrer à la maison. Tiens, prends mon cartable.

« Ce sont les dernières paroles que tu m'aies dites. Tu m'as donné ton cartable et puis tu m'as poussé, Rosa, oui, tu m'as poussé brutalement. Je me suis retrouvé projeté à travers un gigantesque trou dans le mur et j'ai atterri au milieu de la cour, avec ton cartable serré contre moi. J'avais mal, j'ai pleuré et je t'ai appelée, mais tu ne m'as pas répondu. Puis il y a eu un grondement, comme si un gros orage tonnait. Ce n'était pas ça : c'était le bâtiment principal de l'école qui s'effondrait sur toi et sur tous les autres.

« J'étais dans la cour et j'ai entendu les derniers cris avant que le silence n'engloutisse tout. Ensuite, tout est devenu noir. Complètement noir.

Il s'arrête. Rosa chuchote :

– Raconte-moi ce qui s'est passé, car tu n'es pas mort, n'est-ce pas ?

Louis sourit, secoue la tête et reprend son récit :

– Non. Ce dont je me souviens après, c'est qu'un homme m'a ébouriffé les cheveux. Il parlait allemand et au début j'ai eu peur, à cause de son uniforme.

Je craignais qu'il ne me fasse du mal. Je voulais répondre, mais il m'a gentiment dit de me taire. Puis il a crié dans un danois approximatif :

« – Aidez-moi, j'ai retrouvé un petit garçon vivant !

« Mais personne n'est venu. Alors il a retiré son manteau, m'a enveloppé dedans, m'a soulevé et a couru à travers la cour envahie par les flammes pour rejoindre les secours et les ambulances postés à l'extérieur. Après, je ne me souviens plus…

Il lève les yeux et regarde Rosa. À cet instant, je crois voir le petit garçon qu'il a été un jour. Les lois physiques semblent tout à coup abolies. Comme si cette conversation avait lieu ailleurs, dans une autre dimension. Je ne sais pas comment expliquer cela autrement.

– Tu m'as poussé dans ce trou pour me sauver la vie, mais toi, Rosa, tu es morte ensevelie sous les gravats quand le bâtiment s'est effondré.

Elle hoche la tête et serre Louis contre elle.

Est-ce moi qui rêve ou est-il vraiment redevenu le petit enfant d'alors ?

– Est-ce que ça t'a fait mal de mourir, Rosa ?

Elle ne répond pas. Elle le regarde avec l'air de ne pas comprendre.

– Est-ce que ça t'a fait mal ? insiste-t-il. Est-ce que tu as eu peur ? Si tu savais comme ces pensées m'ont tourmenté…

Elle secoue la tête.

– Depuis cet instant, il n'y a pas eu un jour – pas un seul, tu entends ? – où je n'aie pensé à toi, Rosa.

En disant ces mots, il lui passe le médaillon d'or autour du cou.

– Pourquoi n'as-tu pas sauté toi aussi dans le trou ?

– J'aurais bien voulu, mais mon pied était coincé et je n'arrivais pas à le dégager. Toi, tu me regardais, comme paralysé. Alors je t'ai crié : « Sauve-toi, Louis, cours ! » J'avais bien vu que le bâtiment commençait à vaciller. Ce n'était qu'une question de minutes avant que tout s'effondre sur nous. Mais tu ne bougeais pas. Tu restais là à frotter tes petits yeux en criant tour à tour mon nom et celui de maman. Alors je t'ai poussé. J'ai rassemblé mes dernières forces pour te faire passer par ce trou, avant qu'il ne soit trop tard.

– Mais toi, Rosa ? Qu'est-ce qui t'est arrivé ?

Elle hésite avant de poursuivre son récit :

– L'école s'est effondrée sur nous... et tout est devenu silencieux. L'air chargé de poussières et de plâtre était irrespirable. Il y a eu quelques appels au secours, mais ils ont fini par s'éteindre. Il faisait sombre, au milieu de ces gravats, et j'étais coincée dans une position très inconfortable. Puis j'ai entendu la voix de sœur Madeleine, non loin de moi, sous les décombres.

«– Est-ce qu'il y a quelqu'un… quelqu'un qui est encore vivant ? a-t-elle crié.

« J'ai répondu oui. Quelques autres filles ont réagi aussi.

« La sœur nous a dit de réciter un *Notre Père* toutes ensemble.

« Ensuite une fille a demandé si on allait mourir maintenant. La sœur a répondu : "Peut-être", puis elle nous a assuré que nous ne devions pas avoir peur. Mais j'étais terrorisée quand même, je ne pouvais pas bouger du tout. Je t'ai appelé, Louis, mais je n'ai pas eu de réponse. Je ne savais pas si tu avais réussi à t'en sortir.

« Sœur Madeleine essayait de nous rassurer et nous avons récité un autre *Notre Père.* Après cela, elle a demandé à la fille qui voulait savoir si elle allait mourir si elle se sentait mieux. Un long silence a suivi sa question.

« Je lui ai dit que j'étais toujours là, mais je sentais mes forces m'abandonner. Je devenais de plus en plus faible, et j'ai crié que j'avais peur.

«– N'aie pas peur, je suis là…

« À sa voix, j'ai compris qu'elle n'était pas loin de moi. Elle m'a demandé si je pouvais tendre la main à travers les décombres. J'ai fait ce que j'ai pu pour rapprocher ma main de sœur Madeleine, et soudain j'ai senti un peu d'air frais et, tout de suite après, la chaleur de ses doigts ! Elle m'a dit :

«– Tu sens, je suis près de toi. Pour toujours…

« Je me suis sentie apaisée et j'ai demandé :

« – Ma sœur, est-ce que nous allons mourir maintenant ?

« – Oui, je le crois, a-t-elle répondu en serrant mes doigts un peu plus fort.

« Soudain il y a eu une grande clarté autour de nous. La souffrance et la peur se sont évanouies, et j'ai vu des anges venir nous chercher. Une lumière m'a d'abord éblouie, mais mes yeux s'y sont vite habitués et je l'ai sentie m'envelopper. Elle était chaude et tendre. Beaucoup d'enfants et de religieuses se dirigeaient vers elle. Mais toi, Louis, je ne t'apercevais nulle part. À la fin, j'ai aussi vu sœur Madeleine entrer dans cette lumière. Elle s'est retournée et m'a dit :

« – Allez, viens avec nous, ma petite !

« Même si je savais que j'aurais dû la suivre, je n'ai pas pu. Je ne voulais pas aller là-bas sans toi. Il fallait que je sache ce qui t'était arrivé.

– Alors, tu n'es pas allée vers la lumière, Rosa ?

– Non, pas sans toi, capitaine, pas sans toi !

– Mais tu m'as sauvé la vie, Rosa !

Elle acquiesce :

– Seulement voilà, jusqu'à aujourd'hui, je l'ignorais, Louis.

Elle baisse les yeux et serre le médaillon.

– Je peux l'emporter avec moi ?

Louis hoche la tête.

– Il est à toi.

Le froid qui régnait jusqu'ici dans la pièce disparaît d'un coup, et une intense chaleur surgit, accompagnée d'une lumière violente. J'ai peur qu'il ne s'agisse d'un incendie qui se répandrait à la vitesse de l'éclair.

Mais il n'y a ni odeur de fumée ni bruit d'objets qui prennent feu.

C'est une clarté blanche d'une intensité inouïe qui provient de l'entrée. Je ne peux tourner la tête de ce côté sans être éblouie au point de devoir fermer les yeux, tant ça fait mal.

J'attends un peu avant de les rouvrir tout doucement, mais la lumière est encore trop forte, je les plisse donc en ne laissant qu'une fente minuscule.

C'est ainsi que je vois Rosa serrer Louis contre elle. Puis elle se lève lentement du lit et se dirige vers cette lumière aveuglante. Louis la regarde en silence s'éloigner. Une fois sur le pas de la porte, elle est entièrement nimbée de lumière… et ressemble à un petit ange.

Elle lève la main et fait signe à Louis, avant de lui dire :

– On se retrouve de l'autre côté, capitaine !

– Oui, chuchote-t-il d'une voix rauque.

Pendant un instant, Rosa reste immobile dans cette clarté éblouissante, tandis qu'elle offre à Louis son plus beau sourire.

Enfin elle se retourne, entre dans la lumière et… disparaît.

J'en ai le souffle coupé. En fait, je me rends compte que je retiens ma respiration depuis un bon moment !

J'ai l'impression de me réveiller. Ai-je eu des hallucinations ou s'agissait-il d'un « phénomène parapsychologique », comme dirait Ruth ? Est-elle intervenue dans ce qui vient d'avoir lieu ? Je n'en sais rien.

Je jette un coup d'œil au lit. Louis est redevenu un vieil homme. Passer de petit enfant à vieillard en quelques secondes ! Lui aussi regarde la source de lumière dans le couloir.

Je reviens peu à peu à la réalité ou, en tout cas, à la dimension de la réalité qui m'est familière.

Tout est calme et voilà que la lumière dans l'entrée s'éteint. J'entends alors la voix de Thomas et je me rends compte qu'il a disparu, physiquement parlant, depuis de longues minutes.

– Emmène-moi ! crie-t-il d'une voix désespérée au fond du couloir.

Je m'y précipite. Il est allongé sur le sol, le corps secoué de convulsions, la bave aux lèvres, et il répète :

– Emmène-moi !

Je m'accroupis et me penche sur lui.

– La lumière, elle a disparu d'un coup…

– Thomas, calme-toi. Elle est partie. C'est fini. Tu peux refermer la porte définitivement.

Il se cramponne si fort à mon poignet qu'il me fait mal.

– Loulou, implore-t-il, je veux la suivre… Aide-moi à la rejoindre dans la lumière…

Ses yeux sont à la fois brillants et distants. J'ai la certitude que son esprit s'égare. Puis tout son corps se relâche d'un coup et tombe en arrière.

Je prends son poignet droit et cherche désespérément son pouls.

– Thomas, Thomas ! je crie en lui tapotant les joues avec ma main restée libre.

Aucune réaction.

Je me mets à pleurer de manière hystérique, tout en continuant de crier son nom.

Brusquement il se redresse et crie, d'une voix sourde :

– Maman !… Emmène-moi avec toi ! Oh, non, Loulou, elle disparaît !

– Thomas, il ne faut pas la suivre… Tu dois rester ici avec moi !

Je lui caresse le front. Son visage est brûlant.

– Thomas, détends-toi. Thomas, arrête ça maintenant.

Il me sourit.

– Est-ce que je t'ai déjà dit que tu avais de beaux yeux ? murmure-t-il.

– Toi aussi.

Puis son corps est parcouru d'un spasme violent.

– Loulou, Loulou, où es-tu ? Je ne te vois plus, Loulou ! chuchote-t-il alors qu'il me fixe, les yeux grands ouverts. Oh, tu es en train de disparaître, toi aussi… Loulou, aide-moi, il fait soudain si sombre !

Et il retombe en arrière.

– Thomas ! Thomas ! Reste avec moi !

Je cherche de nouveau à sentir son pouls, tout en répétant :

– Reste avec moi !

J'aperçois tout à coup Louis sur le pas de la porte.

– Je ne sens plus son pouls. Appelez une ambulance, vite !

– C'est déjà fait.

C'est comme si la vie quittait Thomas, doucement mais sûrement. Son corps est tout mou, je ne l'entends plus respirer.

Pour la première fois de ma vie, je remercie mon père de m'avoir montré les gestes de premiers secours.

Je me penche sur Thomas et j'alterne respiration artificielle et massage cardiaque, tout en m'écriant :

– Non, pas lui ! Il n'a pas conscience qu'il doit rester ici !

J'entends des sirènes au loin. Je continue, mais je ne sais pas si je fais les bons gestes pour ranimer Thomas.

Soudain des ambulanciers surgissent sur le pas de la porte et me demandent de leur laisser la place.

Tandis que je les regarde s'activer sur le corps inanimé de Thomas, je m'évanouis.

Tout devient noir.

39

À quoi ressemble ma vie maintenant ? À ton avis ?

Un mois a passé et j'ai toujours l'impression d'être une morte-vivante.

Je ne ressens plus rien du tout.

Les médecins prétendent que Thomas a failli mourir d'un empoisonnement médicamenteux. Mais comment est-ce possible, puisqu'il ne prenait plus du tout ses médicaments ?

Je ne sais même pas dans quel hôpital il est. Ils disent qu'on ne doit « plus » se voir. Je ne sais pas si ça signifie « jamais plus ».

Je suis naturellement allée voir la psychologue. Elle ne croit pas à la parapsychologie. J'ai essayé de lui expliquer ce qui s'est passé cette nuit-là, en vain. Ma mère non plus ne comprend pas. Je les ai priées d'écouter les explications de Louis, mais elles le prennent pour un fou et refusent de l'écouter.

Ai-je besoin de préciser que mes nuits sont calmes désormais ? Rosa ne vient plus, évidemment. Elle est « passée de l'autre côté » à présent.

Quand je dis ça, la psychologue secoue la tête, incrédule.

Pourtant c'est vrai ! Ma chambre n'abrite plus de phénomènes étranges. Je suis seulement une adolescente triste qui a perdu le goût de la vie. Oui, si vous avez une bonne recette pour me faire sentir vivante, je suis preneuse ! Comment retrouve-t-on la gaieté, quand on a le sentiment d'errer dans les ténèbres ?

Mon unique consolation, c'est Julia. Parce qu'elle est la seule à me croire. Elle prétend avoir remarqué la présence de Rosa dans ma chambre, mais je me permets d'en douter. Peut-être veut-elle seulement me soutenir ?

Elle m'a aussi proposé de venir dormir dans son lit – gratuitement. J'ai décliné son offre.

Je suis allée voir son match de foot hier. Je n'étais pas peu fière que ma petite sœur marque deux buts et fasse deux passes décisives. Mais cette joie fut brève : à peine le temps de la ressentir que déjà elle s'en était allée.

On m'a obligée à retourner en classe. Je fais de nouveau la queue à la cantine. Il y a des falafels – boulettes aux pois chiches – au menu. Je n'ai aucun appétit, mais il faut bien manger quelque chose.

– Ohé, tu as perdu ta langue ? Qu'est-ce que je te sers ?

C'est Angela, la dame de la cantine.

– Un falafel et un verre de lait.

– Souris au monde et le monde te sourira, dit-elle avec son accent.

Il y a des jours où je ne supporte aucune remarque, fût-elle bien intentionnée. Je lui réponds par un sourire crispé.

Pendant qu'elle réchauffe mon plat au micro-ondes, je rassemble ma monnaie.

Soudain je sens un courant d'air dans le bas de mon dos. Il y a quelqu'un derrière moi. Tout contre moi.

La peur revient, insidieuse. Je ne bouge pas.

Puis des lèvres se penchent vers mon oreille et chuchotent :

– Il y a un garçon qui aimerait bien te parler.

Je me retourne brusquement.

– Thomas !

Il ne dit rien, se contente de me regarder avec son œil bleu et son œil vert.

– Ils t'ont laissé sortir ou tu as filé… ?

Il sourit simplement.

– « C'est finalement au plus fort de l'hiver que j'ai compris qu'il existait en moi un invincible printemps. »

Je souris à mon tour.

– Albert Camus.

– Bravo ! Trop forte !

Et on reste là comme deux imbéciles. Puis-je lui dire qu'il m'a terriblement manqué ? Que j'étais morte d'inquiétude ? Que je suis terriblement heureuse de le revoir ? Que je sens soudain mon cœur battre à nouveau ? Que je vois enfin la lumière au bout du tunnel ? Qu'il a l'air d'être en forme ? Qu'il est même plutôt canon ? Que j'ai envie de me jeter dans ses bras ?

Non, ces choses-là, ça ne se dit pas…

– Au fait, pourquoi tu as un iris vert et un autre bleu ?

Il ne répond pas, il esquisse un sourire en coin, un peu gêné, et passe la main dans ses cheveux bruns.

– Tu veux vraiment le savoir ?

– Oui.

– Tu en es sûre ?

– Évidemment !

Il me prend par les épaules.

– Alors viens ! lance-t-il en me regardant avec ces yeux que j'adore.

Et ces lèvres… Voilà qu'elles sont tout près des miennes. À quelques millimètres. Elles les effleurent, tandis qu'il me chuchote :

– Tu me suis ?

Puis il prend ma main et j'ai l'impression qu'une décharge électrique me traverse le corps.

Cet ouvrage a été mis en pages
par DV Arts Graphiques à La Rochelle

Imprimé par Black print CPI (Barcelona)
en août 2015
pour le compte des Éditions Bayard

Imprimé en Espagne

Il sourit et dévoile sa rangée de perles… Je ne sais pas ce qui me prend, mais je me hisse sur la pointe des pieds et je passe la pointe de ma langue sur ses dents. Elles sont toutes lisses. C'est agréable.

Il me regarde en me demandant :

– *Amor vincit omnia ?*

Je lui fais signe que oui.

Et nous nous mettons à courir.